新时代精品朗诵诗选

曲江行吟

张楚藩　著

陕西新华出版传媒集团

太白文艺出版社·西安

图书在版编目（CIP）数据

曲江行吟 / 张楚藩著. -- 西安 ：太白文艺出版社，2023.1

ISBN 978-7-5513-2345-1

Ⅰ．①曲… Ⅱ．①张… Ⅲ．①诗集－中国－当代 Ⅳ．①I227

中国国家版本馆CIP数据核字（2023）第005349号

曲江行吟
QUJIANG XINGYIN

作　　者	张楚藩
责任编辑	姜　楠　胡世琳
封面设计	邓小林
出版发行	陕西新华出版传媒集团 太 白 文 艺 出 版 社
经　　销	新华书店
印　　刷	涿州军迪印刷有限公司
开　　本	640mm×950mm　1/16
字　　数	160 千字
印　　张	13.5
版　　次	2023 年 1 月第 1 版
印　　次	2023 年 1 月第 1 次印刷
书　　号	ISBN 978-7-5513-2345-1
定　　价	69.80 元

版权所有　翻印必究
如有印装质量问题，可寄到出版社印制部调换
联系电话：029-81206800
出版社地址：西安市曲江新区登高路 1388 号（邮编：710061）
营销中心电话：029-87277748

作者简介

张楚藩，笔名阿滋，生于1949年，中山大学汉语言文学专业，本科毕业，潮州日报社原政文部主任、主任编辑（副高职称），潮州市新闻工作者协会、潮州市新闻学会原副秘书长，广东省作家协会会员，从事教育、新闻、文艺工作逾50年，先后发表了许多颇具影响力的新闻作品和文学作品，获得多个全国性和省级、地市级奖项。已出版诗集《五里亭》（现代出版社，2015年出版）和散文集《心祭》（中国青年出版社，2018年出版）。

光彩熠熠的名片

——浅谈张楚藩长诗《凤城名片》

郭光豹

（一）

这是一朵光彩熠熠的云，它用金珠、翡翠、玛瑙、玳瑁组成，借助和煦的春风，飘落在中国这座历史文化名城的大地上。

（二）

首先应该称赞报社编辑的眼力和胆识，他们断定此诗必定会在读者中引起反响，便用整整一个版面，登载一位诗人的一首诗，这实属少见。果然，许多读者在肯定这首诗的时候，首先肯定了编辑的远见卓识。

（三）

张楚藩是我省实力作家之一，作品硕果累累。几年前，他正式出版了《五里亭》诗集，引起读者瞩目，这也奠定了他在广东诗坛的地位。如今，他年逾古稀，仍然笔耕不辍，且又到了一个创作的高峰期，这种创作状态，应引起诗坛注意。

（四）

整首诗从第一节到第十一节，每节重点宣传一个人的事迹，到了第十二节，诗人激情迸发，在这一节里，林林总总，宣传了很多人和事。不论叙述何人何事，都十分生动，催人奋进，催人落泪，催人慨叹，让读者饱尝了一席精神美餐。

（五）

整首诗属于明白诗，然而，明白中藏着朦胧美，这应该是诗人的一种创造。是的，就我个人而言，还有我相识的不少读者，我们一致达成共识，认为这是作者的大胆尝试。这种创造和尝试，我以为是颇费心思的，同时又是成功的。试举一例：唐代张籍有一首名诗叫《节妇吟》，采用的是比兴和象征手法，看似写节妇，骨子里却是一首政治诗。

（六）

人们常说，诗，属于年轻人。这只说对了一半，还有"庾信文章老更成"这一句呢！举个实例来说吧，我的战友——著名军旅诗人李瑛，就当了诗的"奴婢"，为诗努力了一生，一共出版了诗集四十余部。他六十岁那年访问广州，我陪他采风，一天，他神情凝重地说，职务可止步，写诗不能止步吧！我鼓励他："您的诗，自始至终写得像个大学生的手笔，我主观判断，您至少可以写到八十多岁。"他听后非常兴奋，果不其然，他前几年才逝世，享年九十多岁！逝世前，他的作品还在许多刊物上和读者见面。这个真实故事，对张楚藩是一个最大的鼓励！

（七）

"欲穷千里目，更上一层楼。"谨以此句和诗友们共勉。

注：《凤城名片》刊发于 2020 年 11 月 11 日《潮州日报》第 6 版。

（郭光豹：广东省潮州市人，1934 年春生于新加坡，襁褓中回国。1951 年参军，1988 年授大校军衔。原广州军区创作室主任，中国作协会员、一级作家，中国当代诗人，中国诗歌学会理事，《南中国诗丛》主编，香港大学、汕头大学客座讲师和客座教授。获全国全军奖项17项：《深沉的恋歌》（诗集）获广东鲁迅文学奖，《爱情的凯歌》获全国优秀报告文学奖和全军八一奖，《灿烂的晚霞》获全国电视剧奖，《田园小诗三首》被收进《中国新文学大系》，22家辞典收有他的条目。）

带着一首诗，去旅行（自序）

带着一首诗，去旅行
去深山幽谷
去云海苍茫
去旷野，去雨林
去情人小屋
去唱晚渔舟

陌生的朋友
前定的知音

带着一首诗，去旅行
尔来无奇巧
唯掏一颗心
但存天生丽质
何惧素面朝天

从来处来
往去处去
带着一首诗
去旅行……

2015 年 10 月 27 日

（原载于 2016 年 10 月 20 日《潮州日报》）

目　录

第一辑　行与吟

第二辑　诗与思

第三辑　我与你

第四辑　远与近

附　赞与弹

第一辑　行与吟

"这里的每处地标
都是一个传奇故事"

汕 尾 行 吟（组诗）

2016 年 8 月底，参加广东省作家协会汕尾行采风团，一路耳闻目睹，且行且歌，不禁心潮起伏。

——题记

汕 尾 之 梦

品清湖的波涛壮阔

如刘邦的《大风歌》

凤山顶上

林默娘站成和平女神

目光如炬

眺望千年丝路

步行街口

一块黄皮肤的巨石

比坎下城抵御倭寇的城墙

还要肃穆凝重

巨石上

彭湃之子——共和国的核弹专家

用如橼巨笔

挥洒着新时代的豪情

是的
当沙坑文化种下了
红色血脉
百年商埠
才有了从容和自信
才有了繁华与祥和

看吧
金町湾已张开双臂
被美人鱼搅成蔚蓝童话
而夜空中亮起的
依然是
洛阳的姚黄魏紫

哦，汕尾
一个甜透心脾的世纪酣梦
醉了一颗颗
风尘仆仆的中国心

红场里的讲解员

海丰的红场
红领巾在飘荡
一群聪慧的〇〇后
正传承着红色火种

镰刀，铁锤

马灯，斗笠

赤卫队，农讲所

……

稚嫩的身躯

竟带着我们

穿越了三十年的雷火烽烟

小小的麦克风

回荡着海螺里

那澎湃的涛声

于是

红场之红

有过沧海碧血

更有着朝晖如丹

看一树凤凰木

正扇动绿羽

在火中涅槃

钟敬文广场沉思

海丰的山山水水

适合书写

沉实朴厚的大地文章

广场上

那位伟大的学者
正支颐沉思

我是一个迟来的歌者
时序变换，阴晴未定
脏腑里淤积了
太多太多的燥热

把身姿放下
再把身姿放下
匍匐到绿草地上
让草根里
那久违的泥土气
带给我一剂
透心的清凉

玄武山"玄"想

玄武山，我来了
没有三跪九叩
只带一份虔诚

那些神奇的传说
在，与不在
你都在那里

顶礼!
不为祈官许愿
只为对未知之域
永远地敬畏

"山不在高"
黎庶之心
是不灭的香火

2016 年 8 月 27 日—8 月 29 日

特 呈 遐 思（组诗）

湿 地 公 园

五百亩湿地
五百年古木
白骨壤、桐花树
红海榄、海杧果……
我们的共名
红——树——林

红树林
抗击狂潮，平衡生态
偾张的叶脉
奔腾着红色的激情
于是，这里才会有
吴承恩的龙宫、安徒生的童话

来吧，朋友
手挽手，肩并肩
让我们在心灵之海
站成一片
红——树——林

菠 萝 蜜 树

湛江市，霞山区，特呈岛
我在吉祥之地
幸遇一棵菠萝蜜

碧叶如扇
深根不露
笔直的树干
繁密硕大的果实

似与我对话——
扎根厚土，开枝散叶
方有累累硕果

海 滩 木 船

海路之丝
串起一串明珠
湛蓝湛蓝的湛江海湾
嵌着明亮的特呈岛

特呈岛的海滩
昂扬着一艘旧木船
旧木船的两眼
望着栈道上的万国旗旗

我想起侨乡那位老归侨

拄着拐杖

目送孙子

去远洋……

海 岛 晨 曲

特呈岛之晨

一切都是透明的

天是透明的蓝

水是透明的绿

三角梅是透明的紫

波斯菊是透明的黄

忽然下起阵雨

透明的阳光中

雨丝是透明的竖琴

菏池的睡莲抹去睡意

举起透明的嫣红

蝉鸣，鸟唱

声音是透明的清纯

一片半黄的落叶不甘寂寞

在透明的晨风中翩翩起舞

她的身上，黏着

一条透明的游丝

圆 通 温 泉

深夜，只身独行

在圆通客舍

露重风凉

高旷的天宇

正上演彩云追月

四合院那如脂温泉

是极致诱惑

但我终于没有宽衣解带

生怕月宫里那只蟾蜍

笑话我的"温水效应"

2017 年 6 月 7 日匆草于湛江特呈岛

（原载于 2017 年 6 月 17 日《湛江晚报》）

阳 江 情 话（组诗）

2017 年 6 月 9 日、10 日，随广东省作协采风团在阳江市采风。

——题记

北　桂　村

北桂村的巷子
很有历史深度
北桂村的碉楼
很有历史高度
北桂村的砖墙
很有历史厚度

紫燕翻飞
曾是王谢堂前燕？
荒草无语
诉说着旧时繁华？

这是"大宋"皇族
隐遁之地
而我只想寻找
久违的柔软

鸡鸣犬吠

哪扇门窗里

有我梦中的绣娘？

彩蝶翩飞

哪处花荫下

是我遗落的初恋？

真想携爱侣

登上马庙山

让她，对着云海发呆

让我，仰天长啸

或者，迎着村头

火辣辣的凤凰木

径奔"御河"

竹林掩映中

驾一叶扁舟逶迤而去

像范蠡与西施

浪迹湖海间

十 八 子

十八子
名满天下的阳江宝刀
十八子
祥光普照的菩提宝珠

侠骨柔肠
大勇大悲

带回一把爱心剪吧
剪掉烦恼丝，剪出合欢花

鸳 鸯 石

两块危若累卵的巨石
在小小的基座相向而立
像一对鸳鸯，生死相依

东阳镇，玉豚山
天造地设的奇观
令多少人驻足沉思

据说这里盛产莲藕
"连偶连偶"
藕虽断，丝还连……

连　体　树

一棵美丽的凤凰木
因灾变而半身不遂
一棵壮硕的老榕树
紧抱着她百般呵护

"商人重利轻别离"
大澳商会前的连体树
却在诉说着情意无价

2017 年 6 月 9 日晚间于阳江十八子饭店

回 乡

苍老的是容颜
不变的是情思
多少难忘故事
藏在岁月深处

一纸还乡
一诗还乡
秋风乍起
唱不尽
亘古不息
游子吟

2019 年 8 月 26 日

芡实村恋歌

　　奔流向海的韩江，在这里拐了个大弯。母亲河臂弯处的曲江村，是个闻名遐迩的芡实之乡。这里的每处地标，都是一个传奇故事。

——题记

沟 仔 墘

沟仔墘
曲江村的神圣地标

千年的老榕树
长须冉冉

当年避战乱
曲江村的先祖
胼手胝足
到这里创乡垦殖

蛮荒的处女地
种下了稻米瓜蔬
荒沟野涧

撒播了
芡实的种苗

榕树下
通红通红的炉火
锻造了曲江村
第一把割芡实的镰刀
第一把撬芡实的雕刀

曲江村族群
自此如芡实丛般开枝散叶

数百年过去了
那一年，南洋的番客回乡寻亲
开口就说——
我们这个派系
来自曲江沟仔墘的
大榕树下

大 宗 祠

曲江村最大的宗祠
是大宗祠
气势恢宏的大宗祠
泥塑木雕，流光溢彩

这里供奉着曲江村的开基祖
还供奉着清代廉吏中宪大夫
张克嶷

大宗祠，文林第
右塘公祠，澄源公祠……
二十五座大大小小的祠堂
如紫气盈盈的芡实花
散落于田田绿叶
分布在全村各个角落

大小祠堂挂着《辈序诗》
彰显忠孝仁义、报效家国的祖训
敦亲睦族和为贵的《百忍歌图》
祈愿社会和谐、人间升平

孝思堂，光裕堂，承德堂
一个堂号，一片庄肃氛围

认祖归宗
到堂前烧一炷馨香
谢罪致歉
在堂前叩三个响头

休说你天不怕地不怕

你敢不敢在堂前赌个咒发个誓

休说你不信报应

你知不知

冥冥之中，列祖列宗

时时睁着一双

明察秋毫的眼睛？

染 布 巷

连接西门的染布巷

有过早期的民族工业——富记印染厂

一枚印鉴

诉说着百年前的故事

种芡实，卖芡实

是曲江村人土生土长的

商品意识

走南闯北的曲江村人

更憧憬着民富国强、实业兴邦

赶上新时代

祖先的梦想

终于蝶变为

现代的传奇

茨实村崛起的茨实产业
带来了纷然而至的百行百业

机电设备、印刷包装、注塑制塑
空调制冷、速运快递……

游神赛会的"安路"
成了商户林立的十里长街
彩旗飘飘
霓虹闪烁

"我想那缥缈的空中
定然有美丽的街市"
我想那空中的街市
就像这十里的长街

待　鹊　楼

曲江村的住宅新区
高高矗立的待鹊楼
今日七夕
"阿哥""阿妹"夫妻俩
照例共享
清清甜甜的
百合茨实汤

少小时
一个是邻家小妹
一个是对门阿哥
一起上学，一起捏泥巴

长大了
爱美的阿妹
到城里学美术设计
家境贫寒的阿哥
在地里当牛郎种芡实

上城的阿妹
出落得婀娜俏丽
下地的阿哥
磨炼得壮实刚毅

阿妹心里住着"牛郎"
假期回乡
总爱到原野深处看阿哥忙活
看双栖白鹭，翩翩而飞

那年七夕
阿妹不小心掉入一处深潭
闻声赶来的阿哥
迅即跃入深潭

田头寮中
两颗狂跳的心
紧紧贴在一起
说到就到的雷阵雨
为一对情侣
放下了浪漫的珠帘

说什么鲜花插在牛粪上
你看
风雨过后
天际线那道美丽的彩虹

甜蜜的爱情催生奋发的斗志
婚后的小夫妻
决心开创生活新天地

过福建，奔江西
租地、布产
招工、培训
几番风霜雨雪
几番摸爬滚打
从无到有，从少到多，从小到大
他们率先在曲江村
实现芡实种植产业化

阿哥精于管理

阿妹善于文创

夫妻俩珠联璧合

把生意做得风生水起

"鹊牌"芡实

飞上了酒家餐桌

飞进了商店超市

一阵阵手机彩铃

一条条"七夕"祝福

一段芡实恋情

一段创业故事

待鹊楼外

芡实池满眼澄碧

远处的铁道线

又一列"复兴号"

疾速驶过

荷 花 塘

曲江村外

曾经有个荷花塘

荷花塘形似荷花

荷花塘里
睡莲星星点点

荷花塘周边是荔枝林
荔枝成熟时节
绿水映丹荔
几多惊艳
一处百草园
彩蝶纷飞
通荷花塘只有一条羊肠小道
正所谓曲径通幽

曲江村有条不成文的乡约
入夜时分
这里是男人的禁区

酷热难耐的夏夜
为芡实劳累了一天的少女少妇
喜欢到荷花塘享受"天浴"
让周身的疲累
消融在塘水的轻抚中

星光下，月色中
健美的胴体

纷披的秀发

如沐浴仙女，如嬉戏林妖

没有人敢近前偷窥

生怕亵渎了

乡村的唯美图画

女 学 堂

曲江村西

有座耕读传家的"大夫第"

"大夫第"的后包

有个中西合璧的浮坛

中西合璧的浮坛

曾是村里的女子私塾

"孟母三迁""岳母刺字"

开创女子私塾的先贤

深知母亲是人生导师

女子私塾的女弟子

在村中做文化启蒙

传唱《潮州歌册》

教人读书明理

弘扬崇文重教之风

在曲江村深深扎根

如今，数以百计的曲江村俊彦
活跃在文艺界、教育界、工商界
医药界、政界……
他们感恩培育他们的母校
他们可曾知道
他们的第一所母校
是消逝在岁月深处的
"女子学堂"

周　仓　庙

很久很久以前
一次洪水过后
曲江村的河滩
惊现一尊神像
铁须银齿，黑面朱唇
"周仓将军"！

曲江村紫辰门外
建起了周仓庙

高台上的周仓庙
背靠一棵高大的胶东树
庙宇不大，却气象森严
一向香火旺盛

曲江村人膜拜周仓
赞叹他的忠肝义胆英雄气

英雄崇拜，陶冶英雄品格
曲江村头的烈士墓地
鲜花簇拥

扶贫济困，抢险救灾
曲江村儿女总是发出洪亮的声音：
"到！"

朋友来了，捧上芡实汤
贼寇来了，投出铁蒺藜

翻开《曲江村志》
烈士证，军功章
一排排从军报国者的名字
铮铮有声的书页
激荡着浩然正气

2020 年 8 月 29 日

在呼伦贝尔

在呼伦贝尔
我无从下笔

苍茫的草原
蜿蜒的溪流
明澈的湖水
低垂的蓝天
豪放的歌声
滑润的奶酪
连绵的兴安岭
神秘的白桦林
远古的敖包和
崇高的长生天
……

在呼伦贝尔
我无从下笔

直到那一天
跨上一匹

奔腾的骏马

这才知道

我，已成为一首诗

2020 年 9 月 7 日

紫 莲 山 庄（组诗）

夜　　禅

（一）

一定是凤凰山那神奇的凤凰

衔来了一朵吉祥的紫莲

凤城的东郊

才有了这美丽的紫莲山

峦叠峰峙的紫莲山

像一朵出水芙蕖

骤雨初歇

山庄云罩雾绕

分明蓬莱仙境

品一杯地地道道的乌龙茶

听一串佛母殿隐隐约约的禅音

今夜无眠

任思绪在祥光紫气中

载浮载沉……

（二）

茶艺馆的柔和灯光下
人头攒动
"紫莲杯"茶王大赛
气场满满

"蜜香单丛""八仙单丛"
"鸭屎香单丛""花香型单丛"
"岭头单丛"
潮州"炒茶"和"单丛红茶"
各路名茶，轮番上阵

圆圆的茶炉
圆圆的茶壶
圆圆的茶盘
圆圆的茶杯
圆圆的灯笼
构成圆融、和合的场景
斗茶赛茶
当然要"以和为贵"

看外形、闻香气、品滋味、观汤色、察叶底
衣着飘逸的品鉴师逐一评判
用他们丰富的经验
灵敏的感知和公平的尺度

我没能看完赛程
但我相信
捧起茶王杯的
一定是——
一颗颗沉静的匠心

晨　画

晨起
用一首小诗
为紫莲山庄写意

让晓雾山岚
恣情洇染
用晶莹剔透的祖母绿
画出层峦叠翠
而千姿百态的巉岩怪石
该用什么样的皴法

最要紧的是那"狮峰丹霞"
一定要用最最亮眼的中国红

晚 归

游过了"金龟戏水""银象朝圣"

游过了"雄狮盼月""猛虎上山"

游过了"瑶床思春""紫莲绽放"

游过了"秦皇试剑""寿翁寻幽"

游过了"天剑劈石""风动奇石"

游过了"河马入林""仰天白鲸"

傍晚时分

我登上了清溪兰舟

"那河畔的金柳，是夕阳中的新娘

波光里的艳影，在我的心头荡漾"

暮色四合，百鸟投林

山的深处

鹧鸪鸟在叫：不——如——归——去

城里的那扇窗户亮了

远远传来，碗筷盘碟的交响

"我挥一挥衣袖，不带走一片云彩"

2020 年 9 月 13 日

凤 城 名 片

序　　诗

人民广场文化走廊上
有一道美丽的风景线
道德楷模的留影
吸引着人们驻足流连
新时代文明使者的身影
一个个在眼前闪现

（一）

省吃俭用五十年
购书藏书五万册
肖双水的私人图书馆
撒播出满城书香
香飘万里

街区的学子闻香而至
外来的民工闻香而至
驻潮部队的官兵闻香而至

汕头、揭阳、梅州、福建的读者闻香而至
为了一册《秋水轩尺牍》
一位华侨千里迢迢前来寻觅

上午 9 时开门，下午 6 时关门
接待八方来客，难得片刻休息
端茶倒水，笑脸相迎
免费借阅，分文不取
肖双水用自己的厚道朴实
诠释助人为乐的生动含义

许多年过去了
气势宏大的公共图书馆
在凤城巍然屹立
数不清的读书沙龙
优雅精致

但下西平路那处简朴的文化高地
早已嵌入城市的恒久记忆

（二）

"如果化疗时真的掉头发
那就戴上哥哥为你准备的新发
瞧，多漂亮！"

镜子里戴着假发的模样

让花季少女笑得很甜

笑容里含着谢意

感谢"医生哥哥"陈泽勉

年纪轻轻的陈泽勉

已两次遭遇生命危险：

有一次救护车发生追尾事故

他忍住伤痛实施急救

因失血过多晕倒在路边

有一次与歹徒生死搏斗

他紧紧握住凶手的利刃

终使同事安然无恙

七级伤残动摇不了他对事业的坚守

死神的威逼只能让他更加坚强

他待患者如同亲人

下班时间常背着医药箱串门

为行动不便的老年人送药体检

那位花季少女本想放弃治疗

她害怕化疗秃发被人看见

她父亲担心巨额的医药费

会弄得家里锅底朝天

陈泽勉把刚刚到手的加班费

硬塞到她父亲犹豫的手里：
"只要不放弃
康复的希望就在眼前！"
女孩的父亲哽咽难言：
"医生，您都这么坚持
为了孩子，我一定挺起双肩！"

花季少女终于治愈出院
带着泽勉哥哥的祝福和祈愿

（三）

"5·12"汶川地震
数以万计的人不幸罹难
潮州看守所一名在押人员
流下了悲伤的眼泪
他倡导同室在押人员
捐款支援

他曾是一桩灭门惨案的制造者
吴根添的耐心感化
使他慢慢良知发现
临刑前他写下特别报告致谢吴根添
要求被执行死刑后
将自己的眼角膜捐献

为创新管教工作、创建和谐看守所
吴根添不辞苦累、一如既往十三年
撰写了九十多篇研究文章
在看守所传播先进理念和国学经典
他患有胃癌却长期带病工作
用生命的阳光驱散许多心灵的阴暗
全国公安系统"二级英模"
是对他忘我精神的高度褒奖

2012 年 11 月 30 日
才五十五岁的他累倒在岗位上
他是一面永远不倒的红旗
在创建和谐看守所的新征程中
依旧迎着雄风
猎猎招展

（四）

她是八十八岁婆婆口中的好儿媳
她是多病父亲眼中的好女儿
她是街坊邻里心中的热心肠
她是励志儿女的好榜样
黄嫱，昌黎社区居委会的普通居民
因孝老爱亲、教子有方有口皆碑
为卧病的婆婆洗褥疮、掏粪便

只要婆婆舒心

再臭再累她从未有一丝怨气

那年婆婆中风、父亲病情加重

她两头尽孝同时护理

九十多岁的老人惠明双目失明

与八十多岁的老伴孤苦相依

惠明老人摔断腿骨

黄嬗便前往护理，情如亲戚

他老伴磕破前额流血不止

一个电话

黄嬗匆匆赶来止血上药、消毒清洗

老人临终之际更怕孤独

黄嬗每晚在他们客厅打地铺

让老人在最后时光

相伴人间真情

温暖离去

体质欠佳的丈夫

在家做手工，收入微薄

黄嬗料理家务、伺候老人

外出打工维持生计

每天她都像不停旋转的陀螺

从没时间照顾一下自己

种瓜得瓜，种豆得豆

母贤子孝，好人好报

女儿考上重点大学

儿子升上重点中学

"累了，就想想妈妈这个榜样！"

是姐弟俩奋发向上的秘籍

（五）

磷溪镇田心村韩江码头

有个历史悠久的报德善堂

报德善堂福利会

有个年高德劭的好会长陈钦淡

解放战争时期曾在这里摆渡

护送中共地下交通员横渡韩江

如今儿孙绕膝、后辈成才

陈钦淡本可乐享清福、安享天年

"只顾自己享清福，这种生活我不在行"

这是他的初心，也是他的航向

捐资助学，扶贫济困

修桥造路，施医赠药

他身体力行，能帮就帮

不收受人家一丁点礼品

不让公家的一分钱被中饱私囊

廉洁奉公，永葆初心本色

让慈善事业闪烁道德之光

赠人玫瑰

手有余香

受助大学生常会回家看看

身在异乡也时时回望着这处精神的故乡

（六）

饶平县黄冈镇碧洲村

"孝子救母"的故事口口相传

郑四川五岁失怙

寡母拉扯他和八岁哥哥独撑艰难

十五岁那年，母亲意外摔倒瘫痪

使贫困的家庭雪上加霜

哥哥主外打工挣钱

弟弟主内照顾母亲

十五岁的孩子郑四川

挑起"全职陪护"的重担

自知成了拖累

母亲想轻生自杀

"只要母亲在，家就在！"
郑四川紧抱母亲哭喊

给母亲洗脸洗头洗脚
给母亲梳头穿衣喂饭

寻医问药，自学保健
为母亲全身按摩忍着腰疼手酸
陪母亲拉拉家常话
背母亲到室外看一看

日子就这样一天天过去
转眼间郑四川进入而立之年

那一天奇迹终于发生了
母亲的手脚能够动弹
慢慢还能自理生活、扶杖走路
逢人便说：多亏家有孝心男儿

孝心男儿打动孝心姑娘
喜结连理成对成双
"孝子救母"的故事
也很快到处流传

（七）

亲情相依不离不弃

这样的好人不胜枚举

意溪镇寨内居民刘秋燕

早年丧偶，人到中年又横遭打击

开摩托维修店的儿子本已自立

却被高处坠物砸中下肢瘫痪残疾

危难时更显慈母情深

逆境中她凭一腔母爱自强不息

日夜陪护以排解儿子的悲观情绪

终使他能够起身坐上轮椅

网上小生意又带来生活的勇气

湘桥区凤山村居民卢瑞音

丈夫原是看守所一民警

抢修监控设施时从高梯跌下导致脑瘫

她日夜守候在病床旁如影随形

十九岁的女儿因尿毒症不幸去世

她痛不欲生多么希望丈夫醒一醒

无奈他躺在床上神情木然

卢瑞音强忍悲痛细心呵护一往情深

她用二十四年的不离不弃

见证了真爱的高洁晶莹

黄冈镇碧岗村普通农民周红才
也有个瘫痪在床的亲人
比他大六岁的哥哥
年轻时突患恶疾落下病根
他在哥哥病床前铺设一张床
二十多年悉心照料、诚诚恳恳
上要赡养母亲，下要抚养儿女
举债为哥哥治病
肩上重担沉沉
但周红才无怨无悔
血浓于水，切切真真

饶平五中退休教师许镇强
精心照料重病妻子已逾三十年
年轻时妻子罹患脑瘤、鼻咽癌
医生断定她活不久，无力回天
他一次次送妻子赴穗深急救治疗
死神在他的坚持中败阵逃窜
夫妻俩奇迹般白头偕老
年过花甲闲看云白天蓝

黄冈镇的许晓展从小行孝
照料老祖母起居敬敬恭恭
成年后在深圳事业有成
在公司任高管，事业火红

2014 年母亲突发脑出血

他毅然辞职回家陪护不怕窘穷

他说钱早晚可以赚回来

"子欲养而亲不待"才是一辈子的痛

（八）

请原谅我这节小诗

无法细细描述这人间大爱

请您走进

绿源国家级残疾人培训就业示范基地

亲自看一看

这里为残疾员工免费提供的食宿

这里对残疾员工的工资优待

这里对残疾员工的人性化管理

这里为残疾员工建设的无障碍设施

您也许会遇到它的创办人黄景欣

这位企业年产值过亿的老板

矢志投身残疾人事业，缘于他

始终不忘母亲残疾生活的困苦

始终不忘乡亲们的无私关爱

2014 年他入选"百名全国助残先进个人"

助残扶残、初心不改

他时刻牵挂残疾朋友的困难

逢年过节亲自带队把温暖送来

他资助贫困残疾学生、贫困残疾家庭的学生

让他们渡过难关完成学业努力成才

他鼓励残疾人自强自立

帮二十多名残疾人自强创业

改变一穷二白的困局

他通过新闻媒体传播社会正能量

让更多企业家加入扶贫助残行列

广递大爱

让助残济困这朵道德之花

常开不败

（九）

事业成功的潮商翘楚林振芳

潮水乡音，初心不改

家乡的一山一水、一草一木

令长期在外打拼的他离思萦怀

他鼎力资助家乡教育事业

捐资成立新塘教育促进会

石壁乡教育理事会

三饶镇孔学教育促进会
他出资兴建省级标准的
新塘镇中心幼儿园
培育祖国花朵功在当代、利在千秋

他参与家乡经济建设
投资建设鹏发纸业有限公司
建设王美自然村水电站
让僻远的山村也能商海弄潮

建设张竞生文化公园
修复牌坊街
拍摄制作《铁血兄弟》
他积极出资志在延续文脉

为家乡为社会他慷慨解囊
累计已达六千多万元
他获得了许多荣誉称号
"爱心大使"
就是其中一块金光闪闪的奖牌

（十）

这里还有一位企业家叫陈静娟
2014 年她获得"广东省五一劳动奖章"

艰苦打拼是她的工作特色

"钱银出苦坑"是她的口头禅

小小皮塑实业公司华丽变身

成为省重点高新科技企业

身为总经理，她依然吃住在车间

学新的先进技术，学新的管理模式

她使企业生命力旺盛，一路领先

心存感恩，常说感谢

热心公益，孝敬公婆

这个企业界的"女强人"

2011 年高票入选"潮州十大好媳妇"

（十一）

人生总会遇到一些突发状况

进退予夺刹那间必须做出决断

本能的反应是试金石

是金子总会发光

赤凤镇葵山村村民李铭标

在市区踩三轮讨生活

家中两个孩子正上初中

捉襟见肘的日子不好过

那天他兜转载客拐到福安路

发现一大捆人民币不知被谁遗落

估计是有人从银行提款后丢失

失主一定急如热锅蚂蚁

他毫不犹豫捡起巨额钱款

邀同路过的王先生一起送到派出所

十万元巨款失而复得

失主感慨"社会上还是好人多！"

上津村村民梁心荣经营小摊档

"荣记牛肉"肉质好、斤两足，广受好评

那天他开车来到万绿花园东路

看到运钞车掉下塑料箱还依旧前行

下车查看发现是一整箱钞票

他立即拨打报警电话110

多达二百万元的一箱巨款

让做小本生意的心荣大吃一惊

但"别人的钱不能随便拿！"

钱银虽好，来路要清

梁心荣一家人谈起这件事

都说他这样做才不辱门庭

（十二）

有的人路遇"横财"拾金不昧

有的人见义勇为一身正气

桥东街道退伍军人曾献春

路见危难把遇险者迅速救起

桥东污水处理厂附近有"S"形路段

那天曾献春开车载着女儿经过这里

前方一辆摩托车突然从视野里消失

这让他心中陡生疑虑

这里没有其他岔口

莫非车主出了意外

他立即掉头往回搜寻

发现摩托车掉下小沟渠

驾驶员面部朝下趴在泥浆里

曾献春下车救人大声呼喊

但男子失去知觉毫无声息

待他奋力拉起男子

眼前一幕更令他惊异

一个小孩被男子压在身下

若没及时发现肯定危在旦夕

曾献春赶紧抱起小孩

让女儿为他擦洗脸上鲜血沙泥

他再次上前去救那男子

无奈男子被黏性泥浆紧吸

曾献春无力把他拉出

只好拽着男子裤带使他面部仰起

看一辆汽车迎面开来

他赶紧让女儿拦车告急

曾献春与司机一起发力

将男子从泥浆沟救起

他利用学过的急救知识立即实施急救

男子终于有了自主呼吸

待到被救两人脱离危险

曾献春和女儿才放心地悄然离去

大埗镇程南村渔民陈办

是大埗湾溺水者的"守护神"

他长年在大埗湾以捕鱼为生

十几年来抢救溺水者不下十五人

聊起这些往事他总是腼腆一笑

难道能让他们失望地在海里浮沉

更有人"明知山有虎，偏向虎山行"

比如户外运动爱好者陈少鹏

户外运动中有人被困遇险

他创建的救援队实施拯救屡建奇功

参与无偿应急救援一百三十多宗

陈少鹏任总指挥临场参与自始至终

（十三）

可敬的人物，学习的榜样
目不暇接，纸短情长

他是"出彩消防人"吴茂中
有钢铁般的意志，也有柔软的心肠
训练场上
他攀挂钩梯、钻地下井无所畏惧
一上火场
他殊死拼搏，与死神赛跑、与火魔对抗
省里组织灭火救援攻坚组"铁军"比武
他主动请缨积极备战
每一项训练都练到极限
每一个动作都精益求精
树立了"小支队大作为"新形象

2011 年他遭遇晴天霹雳
妻子罹患红斑狼疮
四上穗三上京求治"不治之症"
用大爱驾驶着生活舟航
这位消防战线上的正连职参谋
用侠骨柔情书写着青春诗行

钱东镇仙洲村党总支书记黄进立
深知基层干部关乎"最后一公里"
一心为民办实事、办好事、谋发展
带领一班人建设文明村发展经济
让家乡卫生达标、交通安全、生态良好
把共产党员的初心化为前行的足迹

潮州市公路局枫溪道班刘植雄
既是班长、养护工又是司机
他把心放在路上，把路放在心上
在平凡岗位上做出不凡业绩
过去是一把扫帚、一把锄头、一把铁铲
如今学会照相、电脑等十八般武艺
手中各种必备新技能瞬息万变
不变的是吃苦的精神和较真的脾气
为抢险、为管护，他日忘三餐、夜不归宿
因为"勤劳的人永远在工地"！

许德雄是饶平县消费者权益保护委员会主任
那年春节，有人凌晨打来电话找"消协"：
"我啃鸡翅突然吃到鸡毛感到很恶心
厂家投诉电话又没有人接听"
被铃声吵醒的许德雄耐心倾听
一边好言相劝一边进行安慰
隔天一早他立即沟通协调

最终厂家和投诉人达成和解
许德雄全天候接受投诉举报
二十年如一日站在消费者维权第一线
受理消费者咨询逾万人次
为消费者挽回五百多万元的经济损失
"有消费纠纷就找许德雄！"
竟然成了饶平老百姓的共同语言

太平街道社区居民灶巷巷长黄来生
是社区公仆、百姓的知音
管护巷道、疏导交通、调解纠纷
七旬志愿者，一颗公益心

九〇后女青年谢惜丹
勇敢乐观、诚实善良的新一辈
与她同患尿毒症的丈夫不幸去世
她把受助善款回赠社会自助自为
她进入演艺行业努力赚钱治病
在"我来激笑"潮州赛区折桂
主动登记成为器官捐献志愿者
传递生命、传递真善美

饶平凤洲中学教师麦韵和
以校为家、废寝忘食、不辞辛劳
爱人在车祸中不幸去世

他把悲痛深埋心里投入高考备考

他用爱人的名字、爱人的补偿金

设立"清爱奖学基金"

让无声的"清爱"

把"惟勤惟德、向上向善"的师魂铸造

悉心照料失明孤寡老人的许成富

十二岁踏进饶平钱东中学校园

穿上志愿者的红马甲

同师哥师姐一起到社区参加社会实践

钱塘村孤寡老人赖应发双目失明

许成富上门服务年复一年

他自幼失去爷爷

赖爷爷成了他另一位爷爷

赖爷爷在世

许成富不嫌脏臭为他换尿布、清粪便

赖爷爷逝世

许成富悲伤不已、挥泪送行、深情怀念

尾　　声

一个个新时代好人

感动潮州

我想起那年红遍网络的

"鞠躬小女孩"

斑马线上面对礼让行人的司机

十一岁小郭敏的暖心鞠躬

突显了文化潮州的大美情怀

一次次徜徉在

广济桥牌坊街许驸马府

一次次徜徉在

滨江长廊、龙湖古寨

此刻巡礼在人民广场

禁不住神思飞扬心潮澎湃

草根英模——城市的新名片

张开翅膀飞向五湖四海

潮州这座国家历史文化名城

焕发着美丽迷人的光彩

我愿我的诗行

化作乐章

应和新潮州

前进的节拍

2020 年 10 月 20 日—11 月 2 日

广场上的采血车

2021 年元旦
广场上照例停着那辆采血车
车身上，"陈伟南捐赠"的大字
让人想到老先生的那句格言——
"人生的价值在于奉献"

多少年了
无偿献血的志愿团队
无偿献血的志愿者们
默默地来这里奉献爱心
他们是一群
感动潮州的无名英雄

人世间
还有这样那样的"吸血虫"
正需要用这种逆行者的担当
和这种逆行者的血性
杀灭它们

2021 年 1 月 1 日

在陈伟南文化馆

编号 8126 的陈伟南星
在太空里运行
在天台上闪烁

虽走遍展厅的每一寸
却走不尽大慈善家百年的心路历程
让"感恩""奉献"的精神因子
给灵魂以崇高的洗礼

墙根下
立着一块"登仁堂"碑
与天台之星相映生辉

这块立于
光绪年间的碑石
建馆时在地下偶然发现

有人说是巧合
有人说是天意
我说，是缘于一种精神穿越

才使得久被深埋的慈善之碑

在潮州大地重放光辉

2021 年 1 月 4 日

潮州莸物语

不要问我们

从哪里来

我们的故乡在潮州

为什么隐姓埋名

只因为长在深闺

听过《诗经》，听过《楚辞》

羡慕那些被歌颂的奇花异草

读过《归去来兮辞》，读过《五柳先生传》

珍爱陶渊明所说的那个世外桃源

这一处清幽的山涧

就是我们生活的乐园

夏天，我们水里潜泳

像人们常常说到的美人鱼

冬天，我们凌寒开花

像人们常常赞叹的蜡梅

我们有紫色的眼睛

如梦如幻

我们有唇形的裙裾

风情万种

我们相亲相爱

"互生"
是我们的
终生信条

我们也是窈窕淑女
终成君子好逑
哪怕地老天荒
也要千年一等

在那个佳期良辰
我们等来了潮郡君子
"自然教室"的丁君陈君
走进了我们这处山涧
一次偶然的邂逅
竟成了深情对望
他们惊异于我们独特的风韵
我们惊异于他们至情的痴迷
他们寻访上百条沟沟壑壑
希望帮我们找到血脉至亲
当他们失望地告知
我们是所有群落中仅存的群落
我们几分伤感又几分庆幸
伤感的，是我们的孤独和飘零
庆幸的，是我们的自信和坚持

我们在潮州的发现

惊动了整个植物帝国

资深的学者

无数的"护花天使"

搜呀搜呀

搜遍了万水千山

搜遍了五湖四海

一致惊讶地宣称：

除了潮州的这处互叶苋

还是潮州的这处互叶苋！

我们是地球上仅有的二百五十个"互生"佳丽

很快被绘制出美丽的图谱

我们被列为苋氏家族的第八支系

生命有了新的归属

这使我们欣喜地感到

我们压根儿不像是什么"濒危"物种

在"路漫漫其修远兮"的生命征途中

我们是一支不甘言败的奋斗孤旅

不要问我们从哪里来

我们的故乡在潮州

潮州的绿水青山养育了我们

我们护卫这里的金山银山

我们愿以"潮州苋"这个响亮的称谓

充当生态潮州、绿色潮州的形象代言人

天人合一，万物"互生"——

我们的"代言"，人微言不轻

附　记

2020 年国庆节前，中国科学院华南植物园陈又生教授及其团队经过前期全面研究，深入调查及分析分子系统学，证实了潮州自然爱好者丁剑鸿、陈明丰等发现并参与前期调查的生长在潮州的一种小草，是一个奇特、珍稀的新物种，并在国际生物分类权威期刊《Phytotaxa》(《植物分类》)上正式发表论文。该植物被正式命名为"潮州莸"。

潮州莸是唇形科莸属植物，叶子互生，其独特性在于，它是我国目前有记录的八百多种唇形科植物中第二种具有互生叶形态的植物。潮州莸的发现使世界莸属植物从七种增加到八种。在此之前，广东仅有一种莸属植物的分布。潮州莸形态独特，生长环境和花期也较为特殊。它生长在土壤贫瘠的河岸岩石坡，雨季很可能被河水淹没，开花时间在比较干燥的冬季。目前仅发现两个种群，成熟个体数少于二百五十株。依据世界自然保护联盟（IUCN）的评估等级和标准，可列入濒危（EN）等级，属于较为典型的极小种群植物。

2021 年 1 月 6 日

菠 萝 的 海

哪怕只是"徐——闻"
耳畔，已惊雷炸响

"菠萝的海"
马可波罗来过
还与北欧毗连

任你想象吧！
数万亩珍果的气场
足以穿越
历史的时空

雷州半岛，南方的南方
坦坦荡荡的红土地
炙热的阳光
适合葆育包容与自信

这里盛产菠萝
也盛产百岁老人——
历经百年屈辱的百岁老人
见证百年新梦的百岁老人

当五洲宾客来到这
色彩斑斓的彩虹之地
他们品味到的
不只是菠萝的甜香
更有中华文明
长寿的秘诀

2017 年 6 月 8 日写于从徐闻赴阳江途中
2021 年 9 月 12 日在潮州改定

九 江 穿 越

浔阳楼的及时雨

落在

商人妇的琵琶上

白乐天江头回望

甘棠湖烟波浩渺

点将台上

不见当年公瑾

霓虹闪烁

汽车川流

周敦颐的莲花

开在十字街口

武宁炖菜

炉火正红

一壶浓酒

双眼迷蒙

陶令不知何处去

空留得

一腔幽愁

2015 年 8 月 29 日在九江初拟

2021 年 9 月 12 日在潮州改定

凤凰山传奇

（一）

穿越重重时间的云烟

一只神鸟悠悠而来

在粤东这片蛮荒地域

收拢了歌唱的羽翼

梦里南海

鼾声细微

众神的天庭

犹未远离

而岁月如一叠叠落叶般消逝

神鸟石化成凡间膜拜的庙宇

从此，她有了名号 ——

凤凰山！

峰回路转山迢迢

我该用什么样的诗笔

书写你这岭东名山

丰富多彩的传奇

（二）

凤凰山啊

比你高的是云天

比你远的是大海

你凤髻高耸群峰绵亘

把头昂起来

就是一声惊雷

把头低下去

就是一壶蜜意

你的深情注视

穿越逶迤五岭

穿越茫茫九派

穿越黄土高坡

穿越齐鲁大地

千里江山，万里湖海

隔不断你与"五岳之尊"

心灵的"脉动"

亲缘的联系——

她增高一丈

你增高十尺

她增高一尺

你增高十寸

她增高一寸

你增高十分

她增高一分

你增高十厘

一千五百米

你与泰山的海拔

几乎零差距

原来，你一直追寻的

是一种精神高地

（三）

于是

凤凰山下

文化昌盛，诗书兴起

绿水青山里

一脉相承遥遥接续

"十相留声"

韩山、韩江、韩文公

学宫、书院、社学、义塾

驸马府、状元第、大夫第

"第进士者衮衮相望"

"庠序大兴，教养日盛"

广济桥上

"廿四楼台廿四样"

十八梭船闭合开启

潮盐输送三省三府二州二十九埠
商贾云集"繁华气象，百倍秦淮"

百窑村里
"千年窑火映韩江"
灵感的釉和青花瓷在这里相遇
在一个又一个春秋
精美的潮瓷
沿水路远播友谊

史前贝丘遗址
"陈桥人"一觉醒来
惊喜地发现
"浮滨人"创造的
南方青铜文化
华丽变身为
金漆木雕、潮州刺绣
大吴泥塑、手拉朱泥壶……

"岭南儿科鼻祖"的
《幼幼新书》
在昔日的瘴疠之地诞生
古代哲学医学领域
响起一声春雷

粤东的大潮州

有了响亮的称号——

"岭海名邦""海滨邹鲁"

（四）

凤凰，"五采而文"

至德、至情、至慧

千百年来

"凤凰文化"在凤凰山下

长盛不衰，生生不息

凤山、飞凤山、金凤山

凤江、凤湖

凤凰溪、凤泉湖、凤翔峡

山山水水，流光溢彩

凤凰之美

扑朔迷离

台，有凤凰台

塔，有凤凰塔

楼，有凤栖楼

最宏大的潮派民居

叫作"百鸟朝凤"

赤凤、东凤

凤南、凤西、凤北

凤水、凤江、凤溪

凤山、凤岭

凤塘、凤洲

凤新、凤光、凤美

凤林、凤翔、凤山楼

彩练般的韩江

把凤凰山下"凤"的聚落

串成一串"凤凰之珠"

群凤翩翩兆瑞祥——

历代潮人的美好希冀

（五）

美好愿景的实现

来自一代代人的接力

和平安宁的家园

是用血汗筑砌

韩水高歌，星辰低语

一代代潮人胼手胝足

披星戴月躬身劳作

换来鱼米之乡犬吠鸡啼

若遇毒蛇猛兽横行肆虐

柔婉慈祥的凤凰

旋即变得勇武健硕

凤凰山上

大革命时期的战歌

至今并未远去

"两纵"战士的英姿

如苍松翠柏挺立

凤凰山革命纪念公园

红旗猎猎

融汇文天祥"正气堂"的

凛凛正气

凤凰山头杜鹃红

那是无数仁人志士的

碧血丹心

天池边

源于宋代的"试剑石"

斩云削雨

昭示着中华儿女

抵御外侮的

不屈意志

一处处爱国主义教育基地

翻卷着过往岁月的风云

（六）

而今

历史

翻开了

崭新的一页

凤凰山

又一次涅槃重生

她交付我们苍松与花朵

沉思与激情

交付我们

灵魂深处不变的基因

当"天路"盘山而上

这里成了网红打卡地

轻纱般的五彩云

蓝宝石般的天池水

令人想到

敦煌的飞天

瑶池的仙女

凤凰的风情

一次次醉倒了尘世

看吧

遮阳伞

少女装

自拍杆
让千古名山
弥漫着一缕缕青春的气息

看到了吗
天池边那尊鳄鱼石
听到了吗
鳄渡秋风的久远故事
韩愈一纸《鳄鱼文》
令韩江波涛惊悚站起
万物屏住了呼吸

鳄鱼群
后退六十里
也有逆流逃窜的"冥顽分子"
韩湘子撒下"盖地网"
将它们送进了凤凰天池

天池水接纳日月星辰
也接纳这些作恶的鳄鱼

晚钟响起，吹散民瘼
也吹散韩湘子郁结的心事
那被韩湘子一指成石的鳄鱼
年年如斯匍匐

而那些珍稀的"四脚鱼"
正是当年鳄鱼的变身

山窝里那些憨憨的石牛啊
默默地或蜷卧或站立
时光恍若虚拟
它们还沉睡在故事里

石牛们的母亲
原是潮州城一个傻和尚的坐骑
故事里他纵身一跃
从广济桥头跳入汹涌的韩江
惊呼声中
倒骑一头石牛溯流而去
他诀别市井红尘
直上凤凰云端
那头石牛
从此放归山间
在凤凰山繁衍生息

头饰"凤鸟髻"
身着"凤凰装"
凤凰山的畲族姑娘
像凤凰鸟一样美丽
大耳环、银手镯、脚环别着小铃铛

浑身银饰叮当作响

是凤凰鸟的声声啼鸣

飘荡的金色腰带头

是杨柳枝一样的凤尾

泼洒着祥瑞与爱情

这里是中国畲族文化的发源地

密林深处的石古坪

是闻名遐迩的畲族村

天梯般的茶畲层层叠翠

清新古朴的畲歌

宛若天籁

（七）

畲族离不开乌龙茶

"龙凤呈祥"的凤凰山

黄绿澄明的乌龙茶汤

高远的气韵满山飘逸

夐妙的是名茶——"雷扣柴"

母树遭雷击濒于枯死

但一息尚存的枝条

却"向死而生"，立地成荫

"向死而生"，咬定青山

凤凰山的茶树

染色体里写着顽强的生命力

一万多棵茶树

长命百岁

四千六百多棵

活过两个世纪

那株六百多岁的"宋种"

满堂的子孙

绵延着稀世名茶的不老生机

它们在光阴里张开柔嫩的翅羽

阳光和月光在枝尖上飞来飞去

寒来暑往历经二十四节气

蕴藏了人世间的艰涩和甜蜜

挹一勺凤凰山溪的甘冽清泉

用一个红泥火炉慢悠悠煮水

品一杯沁人心脾的云雾香茶

选一处天造地设的石太师椅

听一段潮曲《扫窗会》怡情

翻一页陆羽的《茶经》诵记

闻不够

漫山遍野是茶香——

黄枝香，芝兰香

桂花香，杏仁香

玉兰香，夜来香
姜花香，蜜兰香
肉桂香，茉莉香
凤凰高香单丛茶
香醉天下客
凤凰山的工夫茶
是当之无愧的国饮

（八）

茶香飘处是吾乡
五彩翅羽是凤凰
山里山外的子民
用精细的工夫
书写新的
凤凰传奇

城市轻轨，海底隧道
地理标志，创意园区
茶马古道，海丝新路
振兴计划，人才工程
筑巢引凤，固本强基
蓄势待发的粤东
有凤来仪

看吧！

凤凰山极顶

新一轮日出

已铺展新的写意

万里山河异彩纷呈

登高望远

我们的心胸更加广阔

我们的前程

更加辉煌壮丽

天庭未远，众神犹在

悠悠而来的神鸟呀！

凤凰山儿女正高唱凤凰之歌

激越澎湃、穿越千年、响彻寰宇……

2021 年 9 月 13 日—9 月 17 日

汛 桃 池

汛桃池，在村西
西门的对联，黑字红底——
"如愿平为福，自得居之安"
在绿波飘逸
汛桃池畔，翠竹垂柳掩映
春天，几树桃花艳丽

那年当知青回乡务农
这里是我情之所寄
晨光中
坐在池旁的石墩上
读几首唐诗
星光下
迎着凉凉的过池风
吹响我的竹笛
雷雨过后的傍晚
与她一起看西天的彩虹
在池畔凝神伫立

池旁的路口
有生产队的过秤点

秋收夏收

挑着稻谷从这里进村

寒冬腊月

挑着塘泥去田野施肥

沉沉的担子在这里过秤

领一张评工记分的票据

用潮汕浴布在汛桃池擦把脸

对着水中的黧黑脸庞淡淡一笑⋯⋯

返村时总爱独自在汛桃池盘桓

这里有独特的乡愁青春的秘密

从汛桃池想到大大小小的池塘

想家乡的地理，想生活的经历

那绿草茵茵的草寮池

是牧鹅少年的小天地

池畔是棵高大的粕籽树

野草莓藏在丛生荆棘里

那躺着两个石碌的门斗池

传说深处住着昔时人家

少小时在浅水摸鱼捉虾

心头掠过一丝莫名的神秘

那暮鸦成群的长溪仔

池岸的老榕树遮风蔽日

在缺衣少食的岁月
常一个人去那里捡拾枯枝

在堤脚池放养芡实
在目镜池挑水浇菜
在短溪仔引水排涝
在七亩池戽水抗旱

可惜，星罗棋布的池塘
在岁月中一个一个消失
汛桃池也堆积了垃圾
半睁着浊眼奄奄一息

祖宗留下的风水不容糟蹋
要金山银山更要绿水青山
听说家乡开展治污攻坚战
禁不住再一次回到汛桃池

排灌渠道一条条贯通
干涸的池塘一个个重焕生机
汛桃池又有了一汪碧水
桃红柳绿，锦鳞嬉戏
池西是一溜典雅的粉墙
粉墙后的老屋重新修葺
废置民居变成清雅厅堂

迎来书声琅琅弦歌不息

池东的文化走廊连接书斋巷

书斋巷连着

龙腾虎跃的篮球场

新农村建设方兴未艾

让人几分感慨几分惊喜

放眼望去

天更蓝，水更清

家乡更美丽

汛桃池

见证着时代的变迁

祝愿你成为我们心中

美好的记忆

2021 年 9 月 21 日

第二辑　诗与思

"我得等待这位客人
等待他的一串诘问"

紫 云 英

麦苗青
菜花黄
紫云英
一片灿烂云锦

叶如羽
花如伞
轻风中
跳动美的精灵

澎湃的花海
燃烧的火焰
壮美的田园诗
流淌着唐风宋韵

打从季风刮走了
采集籽实的草帽
那琥珀色的蜂蜜
雪白的羊群
和如膏沃土上的佳禾金穗
渐渐成了
遥远的记忆

紫云英
在梦的深处
忧伤地摇曳

2013 年 3 月 10 日

演　绎

我下过乡

我种过田

我见过稻田里的水稻

在阵痛中拔节

在狂欢中孕育

我是农民的后代

我是土地的儿女

我是上帝的一个

分析命题

一切的一切

在理所当然中演绎

2014 年 6 月 4 日

电　　击

我被电击了
有人赶快施救
一盆冷水
把我浇成炭灰

2014 年 8 月 14 日

飞

飞吧

尽管有枪口

睁着邪恶的眼睛

打湿你羽毛的

应该是疾风骤雨

而不应该是

忧伤的泪滴

2014 年 8 月 28 日

古 桥 明 月

明镜高悬

霜光照彻寰宇

寂寂亭榭

沐半江清风冷露

逍遥灯影波光

依旧摇曳

一曲霓裳羽衣

断桥处

渔舟煮茗

笑问今夕何夕

2014 年中秋节

诗　与　思（组诗）

剪刀石头布

剪刀石头布
我出剪刀
老天砸下陨石

剪刀石头布
我出石头
老天盖下云幔

剪刀？ 石头？
我咬一咬牙：布——
老天伸出电剪

一个声音远远传来：
别较劲了
上帝的事，上帝管

2015 年 12 月 12 日

八　分

喜怒哀乐

君臣佐使

加上三碗净水

代表三江之水

文火

慢煎

耐着心性

守着时辰

登徒子的美女

增一分则肥

减一分则瘦

我的中庸汤

只要八分满

好啦

燥热去尽

神清气定

2015 年 12 月 17 日

我，因何而在

看亚马逊的彩蝶
如何扇动窗前的月光
看渠坡上的灰鼠
如何窥视水中的游鱼
我思，故我在

一把拖把
写下斗室清净
一支羊毫
画出楼外青山
一个陶罐
浇灌匝地花枝
一把银剪
修理丛中残叶
我行，故我在

辛酸泪，荒唐言
凌云志，寻常心
惊心别梦，痴心醉语
我说，故我在

亲爱的

您在吗

我爱，故我在

2015 年 12 月 17 日

（原载于 2016 年 1 月 19 日《潮州日报》）

我　知　道

我知道
哪一天我不在了
会有一封唁电
飞落我的 QQ 邮箱
素笺
如燕山飞雪，雪中腊梅

我把可以搜罗的
都搜罗进空间来了
包括几封
未曾寄出的情书
包括一部
无法完成的著述
包括童时、少时、青壮时的鸡零狗碎
因为我知道
这里，将是我的长眠之地

牧场里的大象、袋鼠和孔雀
已事先被领养
红土地的薰衣草、紫罗兰和桃金娘
自有人来浇灌

这里已不设防
访问者只需两句隐语
为什么他十分幸运
因为他十分不幸
为什么他还在场
因为他已不在场

或许会有盗墓者
缘于贪欲或好奇
但他们将空手而归
只留下一阵讪笑
这家伙
甭说钻石
Q 币都没半枚

2015 年 12 月 13 日

窗　外

一树新绿

一树蓬勃

倘若没有防盗网

春天就完整了

（原载于 2017 年 4 月 27 日《潮州日报》）

格　树

繁花落地
叫作返璞归真
深根入土
叫作抱朴守真
老干虬枝
叫作大巧若拙
硕果垂枝
叫作大辩若讷
那飘逝的黄叶
又叫作什么

2017 年 5 月 3 日

追　逐

他诚然明白

他已落伍

落伍了 N 个光年

静静地等待

他不想追逐

稍一转身

他把前头的迅跑者

远远地甩在后面

2017 年 5 月 11 日

雨　漬

人的一生太短
短得拉不开距离
记忆碎片堆成横断面
像老墙上那片雨渍

2017 年 5 月 12 日

气　味

每一首诗
你都能闻出气味

有的诗充满酒气
白兰地或二锅头
你可以从中再现酒仙
也可能从中活现酒鬼

有的诗洒了香水
带着或浓或淡的胭脂气
你可以看到浓妆艳抹的流莺
也可以看到蛾眉轻扫的贵妇

有的诗像一杯夜店咖啡
现磨的或者"三合一"的
你可以想见鲜花纸花绢花
带着真真假假的小资气息

我的诗带着浓浓的纸烟味——
田间地头歇息时的劣等纸烟

呛口难闻令人干咳

但可以让你想起青草、溪流、黑泥巴

2017 年 8 月 4 日

如　果

如果诗人
就是百变演员
想演什么角色
就演什么角色
叫笑
就哈哈哈哈
叫哭
就涕泪横流
那么
我不是诗人

我哭
因为伤心或感动
我笑
因为难过或开心
我也会安安静静
为了看一条吐着细丝的小青虫
在枝丫间，荡秋千

我不是诗人
我只是个

容易受伤的大孩子
尽管你老是说，我写的这些
纯属"儿童不宜"

2017 年 8 月 5 日

对 不 起

真对不起
今晚
我真的没空

我在等待远道而来的客人
我在等待他的诘问
为了这次诘问
他已经走了
两千五百年

他叫什么
他姓苏
叫苏格拉底
真对不起
今晚
我得等待这位客人
等待他的一串诘问
虽然我也只能说
您的诘问，我对不起……

2017 年 9 月 29 日

错　　读

我向你显露笑脸

你以为我没有眼泪

我向你显露幸福

你以为我没有忧伤

我向你显露健康

你以为我没有病痛

我向你显露富足

你以为我没有困窘

但我心中十分明白

是所有的眼泪、忧伤、病痛和困窘

托起我的笑脸、幸福、健康和富足

2017 年 9 月 30 日

舔　伤

因为爱得极深
眼中常含泪水
即使变身长舌妇
也只为您
默默舔伤

2017 年 10 月 20 日

幻　影

"新景"公园树荫下
横七竖八地
躺着各式小汽车
像静卧反刍的牛

采青草的老汉
伸手去挽半畔莲
报警器响起
车灯一闪一闪

吓了一跳的老汉
痴痴地望着那辆高档车
像痴痴地看着他那头
被牵走的黑牯牛

2019 年 9 月 4 日

儿孙自有儿孙福

儿孙自有儿孙福
就是说
儿孙，自有儿孙理解的幸福

牛顿
物理学的曾曾曾曾……祖父
感恩上帝赐予一部
精准的时钟
可他的曾曾曾曾……孙子
更喜欢一只萌萌的
薛定谔之猫

2020 年 9 月 4 日

113

阵　雨

猝不及防的阵雨
从高空垂下条条银线
马路上的男男女女
像一群提线木偶

2020 年 9 月 17 日

时间的碎片

人的一生
只是无数时间的碎片
如满天的繁星

无心者
只觉一片缥缈
有心者
却可以编出
一个一个的星座

2020 年 9 月 21 日

第三辑　我与你

"一定是，前世有约

否则怎会，今生相逢"

冬 至 圆

搓汤圆
以合掌的姿态
用糯米粉团那样
柔软的心

搓汤圆，搓汤圆
一切家长里短
一切旧怨遗恨
都从指缝流逝
掌心中，满月般的
冬至圆

冬至圆，冬至圆
冬至长夜
一锅冬至圆
一个团圆梦

2015 年 12 月 21 日冬至夜

缘　聚（外一首）

一定是，前世有约
否则怎会，今生相逢

相逢，相见恨晚
你姗姗来迟
我已等了
三十年的光阴

三十年，站成一棵老树
百孔千疮
是那缕悲悯的春风
把我吹成，一把洞箫

你声息如歌
是我生命的救赎

凝　望

百度地图上，那一点红艳
关山四千里，近如咫尺间

炼成利剑的眼光

穿越人间阴暗

却无法穿越

木格窗前温馨的珠帘

只诗思如蝶，恣意翩飞

翩翩地

落到了你嫣红的枝头

2016 年元旦

吻　别

搂紧依然柔软的腰肢
轻抚不再年轻的鱼尾纹
我与一个时代吻别

号角已经吹响
别离已成宿命

没有硝烟
处处是硝烟
没有沙场
处处是沙场
磁场错乱，罗盘失灵
我们只能凭着星光
突出重围

别跟着我，亲爱的
自从失却了伊甸园
您就是伊甸园

2016 年 11 月 23 日

觅

多想，多想
去那片红土地
吮一口醉心的菠萝蜜
在彩虹搭成的栈桥上
把一朵娇艳的黄玫瑰
轻轻地捧在手心里

多想，多想
去那湾金海滩
去银链般的合水线
听大海神秘的箴语
听一个磁性的声音
倾诉着动人心曲
在湛蓝湛蓝的海天中
放飞一对鸥盟诗侣

多想，多想
去那个小海岛
流连于清溪碧池
在海边湿地埋下
三生石

让它长成红树林

迎潮御浪

遮风挡雨

寻寻觅觅

寻寻觅觅

我

丢

了

一颗

怅然之心

在梦里——在生命之旅……

2018 年 1 月 12 日

元　宵　月

春风擦亮明镜
高高挂在天上
在它的上面
你看见了我
我看见了你
一缕缕温柔的月色
一道道深情的目光

情人节，元宵夜
爱的烛火滋润
街心的盏盏灯笼
通体发亮

2018 年 2 月 9 日

125

又一片叶子落下

又一片叶子落下
又一个故人离去
我暂时还挂在枝头
晚风中窸窣作响
有人说这是天籁
有人说这是挽歌

2019 年 3 月 28 日

伊 人 花 事

曾忆豆蔻年华

一枚银针织锦

灯前月下，春朝秋夕

纤纤素手，绵绵细纱

潮汕刺绣，绣出了

天上龙凤，人间百花

风华正茂时

曾是一名园丁

三尺讲台上栽桃育李

有几多示范课

引来了围观花匠

青壮岁月，下海弄潮

七枞松下，学天女散花

看婚纱礼服璀璨夺目

有我的汗珠万点，芳心一瓣

花开花谢，春华秋实

而今，愿执一管彩笔

芸窗作画

芙蕖，牡丹，牵牛，凌霄
不敢泼墨大写意
只求工笔细细描

把悲欢离合、酸甜苦辣
婚丧喜庆、柴米油盐
一笔笔融入
平头百姓的
百味丹青

2019 年 8 月 21 日

文学的圣徒

您走了

那么多的牵挂

那么多的不舍

那么多的无奈

您，还——是——走——了——

四十五岁，多年轻呀

矫健帅气令人倾慕的身影

就这样翩然远去了

牵动了多少悲情的眼光呀

您老称我为"恩师"

我哪配呀！与您交往

我自知粗陋无知

只能默默地支持您

从您蒙田风格的随笔中

从您玄幻神奇的小说中

从您饱学博闻的头脑里

吸取我先天不足的营养

您太成熟了

是一颗挂在高枝

却不曾被采摘的珍果

您又太纯真了

是一个纯净而任性的大孩子

心中只有爱情、友情、亲情

还有神圣的文学

谁能料到

您这浪漫情怀

竟然成了

生命无法承受之重

我的文件夹里

还存留着您的两篇

来不及发表的随笔

您还是走了

走得十分安详

珠海文友为您送行

是我最大的宽慰

深知您这样的文学圣徒

文友的送别

才是

最崇高的礼赞

（原载于 2020 年 1 月 2 日《潮州日报》）

七 夕 之 咏

七夕之夜

适合来潮州

适合到广济桥头

发呆

望断一江秋水

轻抚千古鉎牛

企盼着

心中的织女

天外飞来

注：鉎牛，即铁牛，系潮州广济桥上的标志性雕塑。

2020 年 8 月 25 日

枫

一袭红衣
如秋风里一片
明艳的枫叶

我的心也是一片红叶
上面早已题满
深情的诗句

2020 年 9 月 24 日

合 浦 月 饼

一盒合浦月饼

勾起尘封记忆

漫步北海银滩

胸中波涛汹涌

一盒合浦月饼

遥祝"合浦还珠"

不管阴晴圆缺

人间自有清风

2020 年 9 月 26 日

流泪的橡胶树

苦难如利刃划过心口

我用泪水浇筑力与韧

在这片红土地上

有我太多太多的不舍

即使倾尽生命

也要站成一尊南海观音

写于 2017 年 10 月 26 日

2020 年 12 月 4 日改定

雪花的邀约

每年这个时候
总会收到
雪花的邀约

我终究会去的
如果冻僵了
就做一块天山上的冰凌
在苍茫中晶莹

您终究会来的
如果融化了
就做一朵南海上的浪花
在浩荡中澄澈

2021 年 1 月 1 日

启　航

元旦
缘聚湘子桥

走上千年古桥
您一定会想起
家乡的那条古驿道
古桥古道，同样承载着
历史的荣辱沧桑
承载着，说不尽的
苦难与辉煌

与昂首长哞的鉎牛合个影吧
我们忆念牛背上的牧笛
敬慕大湾区那头拓荒牛
缘分，说到底
缘于价值观的认同

听微波喁语
悟逝者如斯
人生苦短
来不及把光阴虚掷

把目光对齐！看天际
那梦想之舟
已经重新启航

注：鈺牛，即铁牛，系潮州广济桥上的标志性雕塑。

2021 年 1 月 5 日

仲 夏 之 夜

仲夏之夜
玉兰幽香
月光像个窃贼
悄悄溜进窗棂
把心偷走

2021 年 6 月 26 日

画　兰

玉手，兰
蕙心，兰
品格，兰

毫端的舞曲
一如按下快门
"咔嚓"，一群自我镜像
在云端舞蹈

2014 年 3 月 27 日原稿
2021 年 9 月 12 日改定

观　照

宽广明净的前额
哲人般睿智聪慧

美丽的双眼
孩子般明澈

最爱眼角那一线余光
饱含浓情深意

像是对嘈嘈杂杂的
人间喜剧
投去善意的嘲讽
像是对前世今生的
挚爱朋友
捎来心灵的默契

2017 年 10 月 26 日原稿
2021 年 9 月 12 日改定

病

当思念成了习惯
我一定病得不轻

病就病吧
人生需要清茶
也不拒绝浊酒

2017 年 12 月 27 日初稿
2021 年 9 月 12 日改定

第四辑　远与近

"在昨夜的星辰

留一袭

诗的蝉衣"

淡 出

于浓情中淡出

振翅轻飞

在昨夜的星辰

留一袭

诗的蝉衣

2017 年 10 月 20 日

家 有 乔 布

（一）

小孙女们盘点家庭成员
总忘不了说：
"还有乔布，还有乔布！"

乔布原本不叫乔布
叫"猫咪"

那天去打防疫针
宠物医生问，小宝贝
叫什么名字呀

如果是男的，叫乔布
如果是女的，叫秋露
——外孙女抢先回答

哦，那就是乔布了
宠物医生说着
把"乔布"填在诊疗卡上

我问外孙女

你怎么想到"乔布"

外孙女狡黠一笑——

"乔布"就是"胶布"

您不觉得它很黏人，像块胶布

秋露呢

秋露也黏人——夜来秋露沾衣裳

（二）

乔布的确好"黏"

它总喜欢坐到我身边

把头埋到我的腿上

小孙女常常假意嗔它——

哼，真会撒娇

撒娇的乔布，更懂关爱

那几天

妻子出远门

乔布与我，形影不离

我在书房瞎忙

它蹲在门口的音箱上

静静地等我

我去淋浴

它躺在浴室门口

静静地等我

我在卧室看书

它蹲在圈椅上

静静地陪我

我关灯准备睡觉

它便静静地离开卧室

深夜里，寒气重

我被自己的咳嗽惊醒

听到"喵喵——喵喵"的呼叫声

拉开窗帘

看到乔布正蹲在阳台矮墙上

仰脸呼唤

看到我与它隔窗对视

它才静静地离去

清晨，它静静地蹲在卧室门口

等候我开门

"喵——喵——"

这轻柔的叫声

是"早安"的意思吗

（三）

乔布也有冷傲的时候

比如现在，比如这凌晨时分

我在读尼采

它却兀自端坐窗台，纹丝不动

它在凝望星空，目送流云

它在谛听秋声，品味天籁

我突然觉得

比起喋喋不休的"生活导师"

它更像一个

孤独的哲人

对于不可言说之物，必须保持沉默

——我想起维特根斯坦的名句

（四）

但乔布却突然消失了

在我合上书本发呆的一瞬间

它又躲猫猫了

我知道

我不去找它
我无从找它
它的藏身之地
变幻莫测

可当你觉得
踏破铁鞋无觅处时
乔布会突然从藏身处跃起
如飞箭，如闪电
扑向它选定的目标

这个不忘天职的狙击手
它在躲猫猫

它的躲猫猫
不是儿戏，不是逗乐

暗夜中，那圆睁的双眼
那竖起的耳朵，时刻警觉着
敢于对抗入侵的天敌

（五）

我是个没出息的宅男

爱家，恋家

所以，每次出远门

总会想起家人，想起乔布

既然我可以为家人写诗

我当然也可以

为乔布写诗

对，就在今夜

2018 年 10 月 26 日凌晨

桃　花　运

春水绿时

桃花红了

凋落的红颜

流过桥洞，打着旋儿

在旋涡里挣扎

解脱了的花瓣

伴着绿水坦然前行

石桥上有位女子

秀发飘飘

手执花枝

默默看着桃花运

2019 年 3 月 28 日

羡　慕

我羡慕小孙女
羡慕她包了封皮的课本
羡慕她的红领巾和
少先队中队长臂章
羡慕她的铅笔盒、小削刀
羡慕她的橡皮擦和七彩蜡笔
甚至那字迹歪斜的练习本残页
也会令我羡慕不已

我知道倾尽我一生所有
也换不回那段珍贵时光

2020 年 9 月 4 日

蜗 居 静 夜

窗外
垂柳掩映的石拱桥
总疑是
长安惜别处

海关钟楼的大钟
正对着我的
是北京时间
我不知道另外的那几面
是哪个国度的什么时辰

宾馆的歌声静下来了
沿溪的一方水泥地
清理完垃圾的工友
正惬意闲聊
喝啤酒的小伙子
爆了一句什么粗口
扎双辫的大姑娘
握着拳头捶打他的光膀

远村有狗吠顺溪流飘来
是不是有老者扶杖轻启柴扉

一阵夜风掠过
七彩灯的波影
像极了鲁迅笔下的散文诗

2020 年 9 月 6 日凌晨

夜读《文心雕龙》

《文心雕龙》
雕刻着
一条中国龙

初秋
夜静，人更静
我又打开
刘勰的千古秘籍
探究——
新时代的"文心"

2020 年 9 月 9 日凌晨

龙　脉

我是三〇后
我是四〇后
我是五〇后
我是六〇后
我是七〇后
我是八〇后
我是九〇后
我是〇〇后

我是一滴黄河水

我是一朵天山花

我是一块长城砖

我是一粒海疆沙

我在百姓需要的岗位

我在祖国需要的地方

我们都是"某〇后"

心心相连，环环紧扣

抵御妖风恶浪

传承万古龙脉

2020 年 9 月 9 日

耕　　夫

木麻黄树下
一排简易平房
当年的"戴帽初中"
办在家乡的"东畔园"
我是语文教师、教导主任
不领工资，只挣工分

蹉跎岁月
偏磨就韧性"初心"
锄耕、舌耕、笔耕
当一名问心无愧的
合格耕夫

2020 年 9 月 10 日教师节

街 角 报 亭

凤城的一处街角

高大的玉兰树下

有一个小小的报亭

三轮工友，外卖小哥

上街主妇，下班蓝领

还有过往的游客，喜欢在这里

买一份报纸，喝一杯清茶

在文字中放松

书香墨香

伴着浓浓的市井气息

听说

这里卖的报纸

更能读出感觉

有感觉的文字

才会上心

2020 年 9 月 12 日

哭 笑 不 得

捧出了一盘粑籽粿
"美食大师"大摇头：
口感还行
但缺少西式汉堡的风味
"面包屋"的花样

2020 年 11 月 27 日

广场上的吉祥树

宪法，民法，环境保护法
劳动法，教育法，食品安全法……
红色的，橙色的，紫色的，绿色的……
十六种法，十六个大花盘
组成一棵五彩缤纷的花树

跳广场舞的大妈告诉我
这是广场上的新景观
大家叫它"吉祥树"

"吉祥树"前的草坪
鸽子在漫步
远处有歌声飘来——
"一条大河波浪宽……"

2020 年 12 月 1 日

健身与健心

看到那么多书籍
有人被吓住了
那么多
啥时看得完

如果你到一处健身场
会不会被吓住
那么多器材
啥时玩得完

我想你顾不了那么多
你起码会随机玩一下
让随便一种器材
传递"力"的禀赋

书籍也是一种工具
是我们的"健心器材"
让你在反复锻炼中
获得文化的禀赋

"心灵锻炼"，也可量力而为
但别当一个赶时髦的懒汉
买一台跑步机
丢在阳台长锈

2020 年 12 月 17 日

阳台上的花

阳台上的花

有缤纷的七彩月季

有富丽的重瓣山茶

还有冰清玉洁的大花蕙兰

但我还是偏爱那株马蹄莲

和那盆盛开的雏菊

那里有郑愁予"美丽的错误"

有牧鹅少年朦胧的梦境

2021 年 1 月 1 日

赶　课

三十年过去了，我们重返汕头教育学院，寻找当年上课的课堂。

——题记

赶课，赶往教学大楼
404 教室
玩牌的同学，该收手啦
快来上课
宿醉的同学，该醒醒啦
快来上课
晨练的同学，快把汗臭
沐成皂香，来上课
不管是形式逻辑还是文学概论
每一门都不是虚设

赶课，赶课
三十年
我们从教室赶到职场
从职场赶到江湖
又从江湖赶到了
"婚姻围城"

165

左奔右突
我们有赶不完的"课"

只在梦中
才能赶回那间"404"
梦醒时分
泪眼蒙眬——
当年，梦里不知身是福

2016 年 9 月 2 日原稿
2021 年教师节改定

附　赞与弹

读诗集《五里亭》笔记

郭光豹

收到诗友张楚藩的诗集《五里亭》，还未开卷，便看到"五里亭"三个字，我遽然想到"别离"这个词，自然地从心潭里流出一首唐诗："渭城朝雨浥轻尘，客舍青青柳色新。劝君更尽一杯酒，西出阳关无故人。"这时，我仿佛听到西风伴着白草黄沙，对着离人在不停地吟唱……

哦，"五里亭"不仅是书名，还是诗集中第二辑的辑名，更是这一辑中的一首重要的诗的诗名，足见作者对这三个字的重视。

写到这里，我不由得想起《西厢记》中老夫人赖婚的那一幕：她在赖不了的情况下，只得在"十里长亭"摆下酒宴，送张君瑞上京赴试，金榜题名后再来提亲。这时，人们看到老夫人杯里装的是"无情酒"，张君瑞杯里装的是"离恨酒"，不禁让我感叹，张崔这对"有情人"哟，那时刻心弦响的必是这句元曲"樽前酒一杯，未饮心先碎"，多么令人凄然同情。

我还想起《芈月传》中的一幕：秦惠文王知道芈月怀了身孕，还与黄歇私会并约定私奔。芈月经过思想斗争，最后还是选择了秦王。秦王原谅了她，大度地在"十里亭"为黄歇饯行，观众很清楚，秦王喝下的是广阔胸襟的醇醪，而黄歇喝下的是百年长恨的苦酒。

果不其然，张楚藩生在"以阶级斗争为纲"的年代，父亲因蒙受政治冤案、母亲难以挑起家庭担子，不得已，把3岁的张楚藩送出"五里亭"过继给人家，张楚藩改名换姓，离开乡土，后来长大成人，大学毕业，成为编辑和诗人。虽然当年他还幼小，不懂离别是什么滋味，后来长大了，定然长期地"别有一番滋味在心头"。这个"五里亭"的书名和历史上的"十里亭"等，虽然里数不一样，可是，内涵却相同，说明了张楚藩也经历过这种离别长恨。

从《五里亭》这首诗来看，作者采用衬托假借的手法，不是在抒写自己，而是在浓墨重彩地描绘他的母亲——一位勤劳、俭朴、善良、慈爱一生的母亲，这位母亲用她的行动，来诉说人间的离愁别绪和世道沧桑。风雨过去了，彩虹出来了，一家人最后得到一个东方式大团圆的结局。善有善报，伟大的母亲啊！最后赢得了 97 岁的高寿。这是一首很有文学重量的好诗。这首好诗，诗人是倾尽才情的。

在《五里亭》诗集里，还有一首很精彩、很难得的诗，叫作《生命的标点》，它被诗人用来作为"序诗"。全诗 18 行，都是中长句子，直抒胸臆，汉语文字中的标点符号，全部派上用场。我的读后感是：第一，这样写是一个创造，诗贵创造，诗贵新深。只因这首诗出炉较早，写于 20 世纪 80 年代初期，诗人才三十岁出头，因此，诗笔未免稚嫩，然而仍不失为一首好诗。第二，作者调动了想象。有一位诗评家说："不会想象，就别写诗。"是的，诗人在直抒中驾驭了想象，构思奇谲，令读者能获得新奇感。第三，不足之处是，只调动了想象，未能顾及诗歌艺术中的另一要素——象征。如能稍微巧用象征手法，此诗会更加完美。

谈到象征，我记起公刘有一首名诗，是写上海关钟楼的："上海关／钟楼／时针和分针／像一把巨剪／一圈又一圈／铰碎了白天……夜色从 24 层高楼挂下来／上海立刻打开它的百宝箱／到处珠光闪闪／灯的峡谷／灯的河流／纵横的街道是诗行／灯是标点"。它象征什么？诗无达诂，读者可以任意理解。

　　不过，诗人得感谢作家黄国钦，把这首诗收进《向南的河流》选集，成为传世佳作，还得感谢网友粉丝的不断点赞。

　　诗眼，这是诗人特别重视的问题，写诗人常常强调每首短诗的最后数句，要很精彩、耐人寻味，诗人把这诗眼看成梦幻，有时只有在梦中才能逮住它。诗人有一首诗，是写母校的，其诗眼是这样展开的："生怕惊醒——太多太多的青春故事。"这一句写得很美妙，用"惊醒"两字，朦胧极了。著名词作家阎肃写出"敢问路在何方"一句，这个"敢"字想了许久许久，没有想出来，辞典也帮不了他的忙。后来，从鲁迅的"敢遣春温上笔端"得到启发，他拍手大笑，于是用了这个"敢"字，才让他得意了一辈子，又赢得了艺术名声。

　　总体感觉，张楚藩的诗写得很认真，三十年如一日，水平稳定在一定良好的界限上，没有参差不齐的现象，这可能得益于他的学历和对诗的眷恋。如果他在三十岁至五十岁这一阶段，写得更勤一些、冲得更猛一些，肯定会更早成名。往后的日子还很长，"庾信文章老更成"，不知诗人以为然否？

（原载于 2016 年 3 月 20 日《羊城晚报》）

摆渡与救赎

江锐歆

人生需要摆渡，因为要到达彼岸。没有人可以永远站在此岸，而要到达彼岸，却要经历风霜雨雪或惊涛骇浪。每一次现实或梦境的狂欢或磨砺、肉体或精神的满足或镣舞，是否能使享乐者或受难者觉醒？难以估量。在普遍集体无意识的人类境遇中，个体觉醒或许会被认为是疯子；而在普遍觉醒的人类境遇中，个体觉醒是否比普遍的集体觉醒更智慧、更有效地推动人类文明的进步，这是许多知识分子应该思考的问题。而从事文学创作的作家，更须有先知先觉站在时代前沿的先锋精神。作家张楚藩是一位积极的思考者，他以文学思考努力迈向时代前列。

几年前，长期从事新闻工作的张楚藩以他的诗集《五里亭》向社会亮出了他的另一个身份：诗人。诗人属于作家行列，所以张楚藩并不满足于在诗行间洋溢柔情与温馨。于是，文坛看到诗人张楚藩的另一面：致力于散文创作。这也激发了他的创作欲望，他不断创作，后经中国青年出版社出版了散文集《心祭》。诗心弥漫的叙述，被散文氤氲包裹与升腾着，也闪烁着报人特有的敏感，赋予芸芸众生、平常琐事以不寻常的审美。

"心祭"二字既是散文集的书名与"文眼"，又是这部散文集第一辑《情缘》中首篇。《心祭》一文是在父亲的忌日里"我"对父亲的回忆：华侨父亲的坎坷身世与过继儿子"我"的人生遭遇，共同谱写不屈不挠的父子人生交响曲，感人至深。张楚藩表达了对从未谋面的父亲的思念，痛楚之情横溢却没有沉溺其中，生命中每一次挫折，都因有父爱的抚慰与启迪而坚挺过来，并一次次从此岸到达充满新希望的彼岸。父亲就是"我"的摆渡人与拯救者。"我"通过回忆父亲，再次获得救赎。

毫无疑问，文学具有治愈心灵的功能。从作品看，《心祭》足以摆渡与救赎他人，足以治愈读者的心灵：当身处逆境的时候，要坚信没有过不去的严冬，明天会更好。同样令我感动的是这一辑中两篇对于师德师恩的礼赞，荡气回肠。

《心祭》第二辑《寄兴》，是对祖国山河的叙述与描写，与文坛众多旅游散文不同的是，张楚藩呈示的是心灵之旅，即便是最常见的油菜花，也能叩响精神之门。无论是张家界的神秘、涌泉寺的遐想、泰安的诱惑，还是开封的城摆城、云台山的"子房菊"、潮州的朴子粿，其实都是借物阐心，努力摆渡自我及读者，以实现精神的救赎：大千世界，万物有灵，如何与自然和谐共处，是人类永恒的主题。张楚藩在叙述时娓娓道来。

《心祭》第三辑《学趣》，是张楚藩作为一位"读书人"的精神写照。一个人一旦走出校门并工作多年之后还被社会认为是"读书人"，那他无疑就是"书虫""书痴"了。无论是作为报纸编辑还是作为诗人或作家，都需要大量的知识储备与对知识的更新，以感知并应对不断变化的现实世界。于是，读书不仅是精神渴求，更是生存方式。从这部散文集也可以看出：长期阅读的浸润，成就了张楚藩敏锐且颇有张力的思想触角，也使文学对心灵治愈作用越来越明显。

我说的"治愈心灵"与"心灵治愈"，是同一事情的不同称谓，它是基于文学审美心理效应而言的，心灵治愈是美学发酵升华的重要基础。在今天，尽管文学的功能日益多元复杂，但有一种功能恒久不变，那就是早在南北朝时期，刘勰《文心雕龙》中提到的"美学作用"：文学的美学作用，与一切具有震撼力的艺术一样，以美学感召、催生、升华人性的善与美。这种美学作用，往往被描述成教化作用。新时代呼唤文学艺术的高峰，我认为高峰应是时代最精粹的作品，又经得起时间磨砺，能够成为时代性与历史性、思想性与艺术性水乳交融的经典。

真正的文学，是人民的文学，是能够引起最广泛人民大众情感共鸣的文学。文学的神圣，在人民大众心灵深处依然没有死亡，高尚的精神，依然是这个时代的主流，这是文学的希望所在。如何让文艺更亲民，更贴近民生，已是有良知的作家、艺术家孜孜不倦的自觉追求。人类永恒的艺术经典，几乎都是从民众中来，到民众中去，从民众中产生，再感召与奋发民众，引起最广泛的震撼与共鸣的。鲁迅先生的小说与杂文，在有限篇幅中放射出无限思想胆识和艺术气魄，成为穿越时空的经典；冼星海作曲、光未然作词的交响史诗《黄河大合唱》，从诞生到现在，经过半个多世纪，磨砺多少时代，依然壮丽雄伟，震撼海内外中华儿女的心。建立人类命运共同体，需要有价值观的重构、融合及认同，但无论世事如何变化，善者之光都会普照全人类，文学之善也是如此。作家不分大小，只要能靠自己的作品说话，能摆渡与救赎他人，就无愧于这个称号，也无愧于伟大的时代与人民，愿我们共勉。

（原载于 2020 年 4 月 7 日《南方日报》）

诗意五里亭

——读张楚藩诗集《五里亭》

米丽宏

生活里，诗，似乎越来越成为一个遥远的字眼，比远方，还要玄幻、不可及。不论老幼，人们十有八九，是没时间没心思去读诗写诗了。大家都忙呀！忙着在街上抢道儿，在商场抢单子，在网上喷口水，在银幕上搜索"子弹与肉蛋齐飞的刺激"，谁还有时间沉下心去读诗、写诗？

然，生活，哪能停留于眼前的苟且？总有一天，我们会被诗领着，走向远方，走向高处，走向深刻。

诗是一个人的传奇。

写诗的张楚藩老师，骨子里有一种温情、一种清气、一缕书卷气。这些气息，着落在文字上，便携了一阵习习清风，迎面而来。诗句薄薄的、诗情淡淡的，对生活种种明媚的思考、对现实诗意凋落的忧伤，却浓浓的、稠稠的。

当他的诗集《五里亭》，由广东潮州辗转北上，在一个午后，平稳落在我的手中，我感觉，这诗、这书，跟他的气质，是吻合的。诗集一百五十余页，六辑，五十四首诗，如果把每一辑平摊，把每一首拆开，把每一个字分散，它们一定会像冰雪里丝丝的梅花香，缕缕渗入灵魂。

书中一首含十个章节的叙事长诗《五里亭》，是自叙身世，是怀念母爱，是深悼父亲，是回首反思人生旅程的自传。五里亭，一个诗意的地标，是生命里的节点、痛点、成长点。因家境困窘，诗人在三岁时，被母亲忍痛送到乡下，从此，"五里亭，就成了 / 我生命的张望"，这一望，便是四十年。四十年风雨沧桑，五里亭，一头连着生育"我"的小城，一头连着养育"我"的乡下。小亭细径上，我和母亲来来往往地奔波，只为不灭的亲情。《五里亭》里，"母亲"大气、慈爱、明理、勤苦，诗人以深情而疼痛的笔触，写得稳妥、安静、极收敛、极节制。

可是，五里亭外少年磨难，对于诗歌，是多么美好的事。它给了一个人城里乡下两重天空，一身诗意。寂寞和回想，是岁月给予他的最好馈赠；天地辽阔，风雪归人，一切来得恰恰好。

很别致的是，诗集的自序也为诗歌。《生命的标点》，无论意境和才情，都是情感与知性的完美结合：

> 我没有什么宏大的意愿
> 只希望生命能化作一串标点
> 一千个问号构造我沉思的前额
> 两眼有着一万个问号的丰富内涵
> 一个顿号一个坚实急骤的脚步
> 而梦境和爱情则是句号的浑圆
> 奔马般的思想常有破折号的腾跃
> 叹号恰是我心灵的喷泉
> ……

这样干净、明媚的诗行，一读，你就先迷上了句子本身的节奏、回环、往复，叮叮咚咚，一直流下去。流水，失重。诗人，很节制，手笔稳健。标点和生命，哲思与互补，一桩一件，动人肺腑；对生命的思考，每一句，都温暖、深沉、有根有据，于是更显迷人。

我们的心，或许就是一只空水杯，只是谁能接得住那清澈的泉水，滋润我们生存的干涸之地？

诗集的第四辑里有《朱泥壶》《骨瓷》《气球》《邮筒》《窗口》《钟楼》《窨井》等一些绘物的诗作，如《骨瓷》：

> 没有白玉的温润
> 没有青花的养眼
> 谢绝一切油彩的矫饰
> 用一副铮铮铁骨
> 完成灵魂的裸现
> ……

干净、沉静的语言，将普通的物体写到了极致。骨瓷幽幽的清峻之光，将我们这个时代粉饰的容颜和缺钙的灵魂，照出了一小片朦胧微光。

写《朱泥壶》：

> 她有着大地的禀赋
> 淳厚而又博大
> 装着涛声
> 装着山韵

　　滚烫滚烫的心肠

　　悠长悠长的茶香

　　滋润出一段

　　恬然的时光

　　……

　　我想，一个成熟的诗人，就跟那些民间剪纸工艺大师是一样的，同样面对的是生活这张白纸。他用智慧的思考，从一张张平面的纸里，拿出来奔驰的马、温驯的羊、山川花草、流水火焰。把多余的纸屑裁掉，把美丽和传奇呈现。这首《朱泥壶》，就是这种感觉，信笔写来，匠心独运，看似简单，其实深刻。

　　诗集中，有关对山水名胜的抒写，如《京华诗草》《海南短章》《走过广济桥》等一些短章，颇有味道："思绪很轻很飘，诗情的落脚，不被时间粘连，不被空间拘禁，不被情绪羁绊。"诗人，靠着感情和思想的深刻，为我们带来新奇的"发现"；读着，赏着，是春色初萌之际，忽推窗，视野和思想，忽然被染绿了，忽然又开豁了，妙处真是难与君说！

　　一个诗人，在任何时候，写什么比怎样写更重要。杜甫伟大，在于他敢揭满目疮痍，诉民间疾苦，尊重生命，关注弱势群体。而张老师的笔下除了有歌咏、山水、风物、印象之外，还有亲情、悲悯、大爱，有歌与哭的繁复。底层人物，世相百态，一一入诗，生命的哲学与思考，成就了一种清逸自在但不清高自赏的诗品格局。

　　英国诗人雪莱说："诗是心灵中最快乐最良善的瞬间记录。"张楚藩老师的诗，不热闹、不时尚、不媚俗，清晰、简单，又意味深长。它包含了深沉的思索以及历尽沧桑后获得的智慧、巨大的安慰力量。这些好东西，对别人、对自己，都是最好的礼物。

我想，无论你将来要做什么，亦无论你现在在做什么，每天读一点诗，如饮水吃饭，好处是很多的。当你在清晨或黄昏，在月亮升上树梢的时候，在大地上最后一丝灯火微微跳动的时候，以一颗水晶的心，去品味诗歌吧，你会感觉，心灵轻轻飞扬起来，生命是这般充沛和丰盈。

（原载于 2015 年 11 月 5 日《牛城晚报》）

颜筋柳骨见诗思

——读张楚藩新诗集《五里亭》

董改正

我与张楚藩先生素昧平生。先生为《潮洲日报》副刊编辑，我投小文过去，得先生厚爱，遂为好友。先生不吝溢美之词，每有鼓励，无以为谢。平素江湖远阔，少有对话，偶尔说起，亦淡远如秋水，此为先生性格之一。忽一日收到快递，见地址是潮州，便知是先生寄来，打开，便是这本《五里亭》，此为重情仗义——先生性格的另一面。

《五里亭》是张先生的一本诗集，是他从事报刊采编工作二十余年的第一本属于自己的书。封面淡青色，以丰子恺漫画笔触，画亭一，路一，"五里亭"三字竖排，如国画题签，其余茫茫，让人顿生孤寂无依之感喟。是诗人之书也。

书分七辑。自序是一首名为《生命的标点》的诗歌，之后是正文。其一为《黑土地》，两首，一为歌颂祖国，一为讴歌故乡；其二为《五里亭》，两首，《五里亭》为自述之作，多深情，"母亲"是一个诗人无法回避的课题，他的《母亲》，质朴、直抒胸臆；其三为《时光曲》，多为回忆之作，或人、或事、或景物，亦有愤怒之作，如《寒夜里逝去的五个孩子》；其四《朱泥壶》，为格物之作，风格瘦硬，如柳公权书法，颇为耐读；其五《江洲恋》，此为他的怀乡专辑，款款情深，如烟如雨，有颜体之丰腴；其六为《兰花酒》，此辑庞杂，而共同特点为迷离，有李商隐的波诡云谲；最后一辑为《红月亮》，承接上辑的风格，题材多变，语言、意象均斑驳披拂；最后是"后记"，记载缘起和感慨。

通读全书，想说的很多，统领之，则为四个字：颜筋柳骨。无论是语言、题材、风格，还是思想，都可用这四个字来概括。

先说语言。他毫不讳言自己来自乡村，他的语言素朴、干净，体现出一个"瘦"字。以《五里亭》为例："三岁 / 带着一张户口迁移证 / 写着我将被改换的乳名姓氏 / 带着新旧厚薄大小十八件衣裳 / 母亲同我走过了 / 澄城外的五里亭"。这种带有明显叙述性质的句子，在他渺远的回忆中屡屡呈现，构成了本书翻检历史的厚重感。不炫技，不玄乎，真诚，不设阅读障碍，不遮蔽，就像秋后的田野一般，客观使得诗歌本身呈现出张力。这种张力不是通过意象获得的，如《故宫》："从太和殿到珍妃井 / 游故宫 / 前门进，后门出 / 想想也是 / 历史 / 不走回头路"。这种大实话似的直白使得诗歌具有玩赏和思考的余地。他的语言使诗歌呈现出朴素的品格，但也显得不够洋气，而他不在意，他在意的是自己的感受和感情是否得到了纾解和阐发。这是他语言瘦硬的特点。

在"再现"与"表现"之间，他采用白石老人的手法，细部勾勒，大部写意，使得写实与写意相得益彰，在柳骨之外平添颜筋的丰腴和飘逸。如："一九五二年，六月十六日 / 从这一天起 / 风雨迷离的五里亭 / 就成了我 / 生命的张望……"在这里，五里亭被赋予了送别的意味，它是实的，"我""母亲""父亲"都与它相关；又是虚的，它是送别的见证，是历史的界碑，是生命历程上的分界线。由实到虚，由"骨"到"筋"，再到"肉"，他完成了自己的风格塑造。

再说题材。张楚藩毫不回避对乡村的追怀，在第五辑中，他将对故乡的爱恋通过对各种乡间事物的抒写，深情婉致地递达。他写他的江洲："韩堤外的那片江洲，是母亲河 / 温暖的臂弯 / 无论我漂泊何处 / 总有她的乳香伴随……"他写《田埂》："我可以不懂得 / 万里长城 / 却不可能不懂得 / 家乡的田埂……"他写《老屋》："一把累弯的镰刀 / 矮矮的农家小屋 / 挤满了 / 世世代代的悲欢……"他写《芡实》："芡实，鸡头米 / 鸡声茅店月，人迹板桥霜的大公鸡 / 割芡实的叔父……"这些用的是泼墨或渲染写法；他写《春夜》："春之夜 / 月朦胧 / 雾朦胧 / 街灯朦胧 / 春江远去了 / 小城是座咖啡馆……"写《兰花酒》："青花瓷 / 有千年陈酿，沉香幽幽 / 冷艳 / 如白玉兰……"则呈现出李商隐式的惝恍凄美，那是水墨淡淡洇开；他也写爱情，热烈或迷离，用的也多是赋笔，依然是颜体的丰润。

他的题材很广泛，当他以诗人的良知和记者的敏锐观照世界时，他的笔便是瘦硬的铁画银钩，是柳骨。写《寒夜中逝去的五个孩子》，写《妈妈，我要喝水》时，他是愤怒的，这愤怒含着悲悯、伤痛和呐喊，尖锐而哀伤。特别值得一提的是他的格物诗歌，在第四辑《朱泥壶》中，因为题材和思辨的需要，他瘦硬的风格在此处得到展示，也昭示了张楚藩在此领域开疆拓土的可能性。试以《气球》为例："从一只小手中挣脱 / 它未能飞至 / 充气筒 / 承诺的高度 / 跌跌撞撞 / 被几枝瘦瘦的枝丫卡住 / 不再有光鲜的外表 / 更谈不上鼓鼓的底气 / 干瘪瘪地 / 耷拉着脑袋 / 像一个 / 被当街示众的谎言"。只是白描一件极为简单的事情，他冷眼旁观，不说话。这样的冷峻，造就了他诗歌的另一种风格。是以在取材上，张楚藩先生也有瘦和丰的不同选择，并且应对着题材，语言也相应地变化。

最后说一下他思想性上的瘦与腴。对于家国、对于亲人、对于朋友，他的情感充沛，如《五里亭》，如《黑土地》《红头船》，如《江洲恋》《时光曲》等，他热爱、怀念、忧伤，他积极，他满含泪水地呐喊、呼吁，他想挽留住曾经的美好，他渴慕善，他爱美，他渴望真诚，他想如浮士德一般喃喃地说："您慢点啊慢点……"这些如黄钟大吕，如《诗经》里的"颂"和"雅"，是丰腴的情感和思想。但张楚藩更为让人尊敬的，却是他的"瘦"的风骨。

关于意义的理解，张楚藩点到即止。《定陵》："定陵的青砖上 / 刻着 / 煅烧者的名字……"定陵也罢，工匠名字也罢，都还在，而时间早已远去。

关于风骨。《骨瓷》："没有白玉的温润 / 没有青花的养眼 / 谢绝一切油彩的矫饰 / 用一副铮铮铁骨 / 完成灵魂的裸现……"

关于时间与历史。《钟楼》："我不苛求它 / 分秒不差 / 我只关心它，是不是 / 一直在走 / 如果有一天 / 它戛然定格 / 那生锈的齿轮 / 就会咬住一页 / 渐渐发霉的历史"。我读出了苍凉和悲悯。

关于自然的赤子情怀。《阳台》中，他以排比句式列举了六家阳台上的摆放或侍弄的物事，最后说："我的阳台空荡荡 / 留着它来平铺阳光"。我看到一个绝不妥协于世俗的抒情主人公，一个独立的、与"潮流"保持着距离的人物形象，洁身自好，心怀澄澈。

关于担当、责任和使命。《田埂》：它是张楚藩的一首长诗，选择"田埂"的意象，也许是灵光一现，但却是必然。田埂是坚硬的，它是法律、是规则、是分野，让人知足、知礼，懂得节制和避让；田埂是贫寒的，它不长庄稼，只生长野草，不被重视；

田埂必须有担当，它要承受农人挑着担子走过，它要甘于清贫的命运。在张楚藩的笔下，他怀念田埂、尊敬田埂，甚至与田埂同病相怜，是因为在骨子里，田埂是"父亲"的隐喻。

关于道德审判。《春殇》："逃离！逃离？/ 不信买得起船票 / 就登得上 / 诺亚方舟……"

关于有常与无常。《月饼》："伤离别 / 常在月明之夜 / 圆圆的 / 中秋月饼 / 切成几块 / 你一块 / 我一块 / 他一块 / 她一块 / 品味人生 / 聚少离多"。盼圆而聚，因圆而分，有常与无常，相偕相生。

关于救赎。《上帝驾到》中，张楚藩不惜笔墨，以五大段描写"上帝来了"带给人类的幻觉，最后他写道："其实上帝啥都没带 / 他只径直走向那口火锅 / 极度膨胀的欲望之锅 / 把锅底的干柴 / 一根一根地 / 抽走"。

本书的最后一首诗，也是最打动我的一首，是关于悲悯的，我愿全诗摘下。《墙头野草之反思》："平生无大志 / 宜作壁上观 / 休笑东倒西斜 / 缘于雨骤风狂 / 貌似随俗浮沉 / 或因卖傻装疯 / 君不见 / 气正风清时 / 本性乍现 / 仰首青天 / 毕竟是 / 根浅身薄 / 总难逃 / 诟病连连"。比之左思《咏史》的"郁郁涧底松，离离山上苗"，反思更为彻底。在我们存活的世界，有多少人是这样的生存状态，谁不愿意昂首挺胸地活着？谁不愿意做个高尚的人、优雅的人？谁在"气正风清"的时候，没有"仰首青天"的向往？可是，因为能力、家庭、环境、机遇等，很多人不得不活成墙头的野草，根基不深，身子单薄。我们嘲笑他们、打压他们，给他们贴上标签，却不知道这也是另一种墙头草的行为。

张楚藩走出五里亭已有几十年，人世冷暖尝尽，世事洞明，但他还是选择了"柳骨"，以"柳骨"的坚硬塑造了自己的风骨。

这是一个诗人的担当，是田埂的品格，是从江洲走出来的农家子弟的厚朴，是经历过"五里亭"后的淡定。但他又是热情的，是具有大爱的，这些滋润了他的心灵，并使他的诗歌润泽起来，具备了颜筋柳骨的品质。

（原载于 2015 年 11 月 30 日《潮州日报》）

风雨沧桑与窖藏老酒

——张楚藩诗集《五里亭》审美韵味管见

翁奕波

　　我与楚藩兄结缘于 20 世纪 80 年代初，那时，我热衷于现代汉诗，既喜欢朦胧诗，也在朦胧中写诗。因心仪楚藩兄的诗，遂与诗友陈鸿钊一起登门造访。由于心有灵犀，交谈甚欢。临别时，楚藩兄还煮了刚刚上水的芡实款待我们。那爽滑柔软又有弹性的芡实汤，在我的心里甜了几十年。

　　近年，因忙于古代潮州文学史的撰写，无暇顾及现代汉诗，连楚藩兄送我的诗集《五里亭》也束之高阁，心里甚为愧疚，似乎总有心债未还之感。几天前，楚藩兄给我电话，言及拟刊发我的文章《元代潮州诗人杨宗瑞》，需要改动两个标点，征求我的意见。当今天下，还有如楚藩兄这样一丝不苟的编辑存在，真让我既感动又感慨。感慨之余便不由自主地找来了他的《五里亭》，细细地看了起来，没想到竟一口气把它看完。一本诗集，一口气看完，于我来说，恐怕也是绝无仅有的。原因无他，一是感人至深，二是韵味无穷。感人至深者，风雨沧桑也；韵味无穷者，窖藏老酒也。以下就此谈谈我的感慨。

　　首先是风雨沧桑。风雨沧桑者，吟咏性情，感人至深也。风雨沧桑蕴含的是人生的辛酸苦辣，沉淀的是百感交集的人生况味。有品位的好诗，以真、情、性感人是至关重要的。没有真、情、性，诗歌就只是一个空壳。楚藩兄的《五里亭》贯穿始终的就是真、情、性三字，而这真、情、性，是深深地烙印在岁月沧桑的斑驳印痕之中的，尽管它表现得十分地平淡与从容。叙事诗《五里亭》就是最为典型的一例。

《五里亭》是诗人人生旅程的一个关节点，也是他生命中的一个痛点。因遭变故，家境困窘，诗人三岁时，便被母亲忍痛过继给乡下的农家。从此，"风雨迷离五里亭/就成了/我生命的张望"。五里亭，"一头连着/生下我的小城/一头连着/养育我的乡村"。风雨沧桑的五里亭，诗人张望了四十年，连接着城乡之间的这条小路，诗人也整整地走了四十年。五里亭，凝聚着风雨迷离四十年的亲情张望；五里亭，浸透着历尽沧桑四十年的人生况味。四十年真性情之吟咏，我们可从诗中一些细节的抒写细细品味。

如第五节写诗人正月里告别澄城回农家时的一个小细节。诗人"一步步走近五里亭/依依不舍回头远望"，不小心脚下一绊，"被路石绊出大片带着皮肉的脚指甲"。脚趾连心，是何等锥心的痛啊！然而诗人却"强忍眼泪不敢喊痛"，因为他"生怕那鲜血/滴到了母亲心头"。此情此景，谁不为之凄然泪下！此情此景，深深地触痛着人类善良的恻隐之心。苦难之中母子心心相印，情深如许，由此可见。

再如第八节写1960年"那年端午凄风苦雨/母亲又一次来到我家"。那时，诗人的养父母家也四壁萧然，但老祖母还是煮一锅稀烂糯米粥来款待母亲。看到这一锅糯米粥，"母亲低声对我说/真想留一碗带到五里亭/歇脚充饥/可带到五里亭就舍不得喝了/你父亲已饿得/脚浮手肿……"那时，天灾人祸，使芸芸众生挣扎于饥寒交迫之中，诗中描绘可见一斑。但即使在这样艰难困苦的环境之中，人与人之间同舟共济的人情味依然令人动容。患难之中母子的舐犊之情，夫妻的相濡以沫之情，更是让人十分感动。这一细节，也让人刻骨铭心。

其次是窖藏老酒。窖藏老酒者，含蓄蕴藉，韵味无穷也。品位高的诗，除了音律美之外，"韵外之致，味外之味"之审美意趣就应是不可或缺的首要条件。现代派诗讲究知性，实质上追求的也是"韵外之致，味外之味"之审美意趣。何谓知性，知性是对感官知觉所提供的素材加以综合认识的创造能力。知性追求的是"主观中的客观""感性中的理性"，是审美意境之外的宁静，是情感喧哗之后的澄澈。知性的诗学意蕴，既蕴含着现代派诗的美学追求，也蕴含着我国传统诗歌"大音希声，大象无形"，以及神韵、境界等的美学追求，浸润着中外诗艺的精髓。在楚藩兄的《五里亭》中，读者总能不时品味到这种让人惊喜的韵外之致。如《元旦》：

信鸽如期而至

衔来"2015"

冰层在断裂

声音比钟声还清脆

千古大地

多了几条妊娠纹

柳条拨开雾幔

山坳的骨盆

蹦出一枚

香喷喷的太阳

　　元旦，意味着新的一年、新的一天的到来。而这一天的到来，象征性的意象便是从"山坳的骨盆"中蹦出来的太阳。如初生的婴儿，经历过长夜的阵痛，香喷喷地蹦了出来。情景交融，感性理性互相融合，新年的喜悦，新年的幸福，新年的期望，全都凝聚在香喷喷的太阳这一意象上。让人憧憬，给人无穷的想象空间。再如《债》：

> 你总是叹息
> 背上的负债太多太重
> 父母债，儿女债
> 师友债，无名债
> 追债，还债，逃债
> 累
> 我说，别逃
> 把心拿到
> 上帝的典当行
> 一并偿清

　　对于芸芸众生来说，人生在世大多就是来还债的。人到中年之后，更是债务缠身。"父母债，儿女债 / 师友债，无名债"，压得你喘不过气来。诗接地气，描绘的正是人间烟火之真实。而如何偿清这种债务呢？佛曰：放下。诗人曰："把心拿到 / 上帝的典当行 / 一并偿清"。全诗至此，戛然而止，机巧别致，余音袅袅，让人顿悟。

　　余不赘述，仅此两例已足见楚藩兄诗歌窖藏老酒之审美韵味。

　　严沧浪曰："诗者，吟咏情性也。盛唐诸人唯在兴趣，羚羊挂角，无迹可求"。（《沧浪诗话》）楚藩兄乃性情中人，以其身世坎坷，风雨沧桑发之为诗，自然感人至深。而其人生阅历之深沉，人生况味之淳厚，藏之为老酒，化之为诗情，当亦如羚羊挂角，无迹可求，只能细细品味也。

　　以上便是我读了楚藩兄诗集《五里亭》之后的深深感慨，与大家共同分享，也算是偿还了我的心债。

（原载于 2019 年 9 月 5 日《潮州日报》）

初冬里的那味"二苏旧局"

——读张楚藩老师《五里亭》有感

陈　舜

　　走过繁忙、奔波的日子，再回首时却发觉来路如此零乱、荒芜，心由此而无比疲倦。在心烦意乱之时，拿起《五里亭》，看"亭"外斗转星移，世事沧桑，看"亭"内之人却始终清澈、淡泊，多少感悟、多少赞叹融入微凉的夜里，心也慢慢地平静下来。

　　这些年酷爱香的我，已习惯用嗅觉来阅读这个世界、理解这个世界，同样地也习惯用嗅觉来欣赏每一个有趣的灵魂，在这最深的夜读这最深情的书，《五里亭》对于我来说犹如初冬里的那味"二苏旧局"。

　　这香里有沉香的厚重。沉香本是历经磨难之物，包容了万物的种种不同气质，沉淀了年华种种芳香。香里有"苦"的厚重，正如《五里亭》的"风雨迷离"。在小城与乡村之间，少年的诗人，他步履匆匆，亲人离别之痛、生活考验之伤。那个清秀的少年啊，"生怕那鲜血，滴到了母亲心头"，他虽已是尘土满面，眼睛里却依旧闪烁着坚毅与睿智的光芒。

　　这一首《五里亭》啊，它拢集、塑造了四十年的时空，语言平实却很细腻，经过淬火却又像脱口而出，放鹅割草、摸虾捉鱼，更有那母亲的米粉和玩具、老祖母的糯米粥……这平常之物、平常之事，诗人讲述着、吟唱着、回忆着，在诗的韵律里温暖无比，无比动人。诗人啊，在情感的原乡里把旧时光种种的光和影，统统把制成一味香，这香里有厚重、有清凉，是幼时中药铺旧抽屉里珍藏的那味沉香，年轮锁不住木香阵阵，足以让身为读者的我在这个浮华的世界里，闻之心绪平和、沉静而清醒。

这香里是茉莉的轻盈。一曲《彩蝶》飞舞，极美！"恬美"的"我永远的梦境"如茉莉花在月光下盛开，芬芳了整个天地，该是诗人的柔和、清扬在歌唱吧，又或许是那份"地老天荒"的"温润"让诗里彩蝶般的爱情停落在甘甜的林泉边。这里"飘"是视觉，"润"是触觉，"笑"是温觉，"凝"成了梦境的可及感。更有那《红叶书签》《兰花酒》《蒲公英》《矜持》《等你》，是加了爱意的画卷，在"静静地，静静地等你"，余言、余韵、余味，余而不尽，这"用意十分，下语三分"，高度专注的语言艺术所搭建的阅读与想象的空间，又岂是流畅、美妙所能言尽的。

这香里有"希俄斯之泪"（乳香）。《寒夜中逝去的五个孩子》里一句"他们——确未成年，我们——是否成人"，这样单纯的发问，不偏激、不蛊惑，却诚恳触动人心。《妈妈，我要喝水》《盗墓》《江问》……一首首诗的拷问，直达灵魂。保罗·策兰说过："诗歌从不强行给予，而是去揭示。"是啊，在这个喧嚣的年代里，这样的诗歌是一抹抹的清凉，填补一个个"溃疡的空洞""黏合血腥的伤口"，犹如一滴滴晶莹剔透的"眼泪"燃烧后发出柑橘的清新气息。哦，原来清醒的灵魂、清澈的情感是这般味道。

这香里也有蜂蜜的醇香。"你""即使老死，也是听雨的残荷"，一首《为美而生》音义和谐，展示的是诗人体验生命、体验一切美好事物的共情力。这里描述的这份不完美的美感别具风情，是美的哲学，诗特有的韵味让那蜂蜜甜甜的芳香弥漫在空中，萦绕在每个读者的鼻尖。还有那《连元芳也看不懂》《我的头脑死机了》有趣得很，诙谐的口吻下，是深度的思索。说是蜂蜜，那是因为读之如品之一样易于入口，久久回甘。《五里亭》的诗之美，是滋味、趣味、韵味和情味之美啊。

有人说，每个真正的诗人内部都有个绝对的幽灵。我说呀，在《五里亭》每一首诗歌中都有一个专属的味道在境界上前行。有着沉香的清苦、茉莉的清香、乳香的清新、蜂蜜的清甜……是冰谷无尘的雅正，是书卷之间的草木气息，直沁心脾。

其实啊，《五里亭》又岂止是"二苏旧局"，我所闻识到的只是这个初冬里书中的千分之一气味罢了。待到春日繁花、夏虫细语、秋桂飘香时再细细研读，该会又是另有一番风味。你说呢？

（原载于 2019 年 12 月 12 日《潮州日报》，
获 2019 年度广东省报纸副刊优秀作品三等奖）

风雨人生路中栖息的诗意

梁冬霓

　　一本诗集《五里亭》，氤氲着韩江的气息，如一道春日的阳光落到我的手中。韩江流经作者张楚藩老师的家乡潮州潮安区，也流经我的家乡梅州。他曾说潮客一家亲，因而收到这本诗集，自然而然有一种说不出的亲切。简约雅致的封面呈现在我面前，尘埃纷扬的心转而宁静。翻开书页，如有墨香浸润，溪水缓流，一个清澈的灵魂，一颗饱经沧桑而又淡泊宁静的心跃然纸上。

　　巴金说："我之所以写作，不是我有才华，而是我有感情。"张老师的诗作，不但是真情的集合体，更是才思斐然、光芒跳动的人生思考。诗集分七辑，共有五十四首。从对黑土地的热爱，到对身世的叙述、浓郁亲情的思恋，再到现实生活中的每一个事物，无不展现着他内心的无穷；而这无穷，落在他的笔下，却是那样清雅、恬淡，张弛有度、意味深长。

　　情浓之作的代表莫过于第二辑的十节长诗《五里亭》。诗人三岁时，父亲失业，导致家境窘迫，母亲不得不把他过继到农村。从此五里亭成了一个刻骨铭心的地标，弥漫着离别的痛楚与思念。他在生育他的小城与养育他的农村之间穿梭，这一走就是望眼欲穿的四十年。全诗用干净朴实的语言，感情节制的表达，把内心沧桑表现得淋漓尽致，催人泪下。"风雨迷离的五里亭"一句，就给全诗定了调。它不是激情澎湃的大调音乐，而是委婉凄楚的小调音乐，含蓄而又充满张力。第五节中"脚下一绊／被路石绊出大片／带着皮肉的脚指甲／我强忍眼泪不敢喊痛／生怕那鲜血／滴到了母亲心头",和第七、第八节对于父亲的叙述,把全诗感情引向了高潮。在这小调音乐里,诗人不是纯粹地抒情,而是在平静克制的叙事中展现内心的巨浪与渺茫无际的悲伤,让人在唏嘘感叹中,夹杂着眼眶里的潮湿。诗行的末尾,是亲人的团聚,母亲的长眠,风雨后的五里亭,让全诗在悠长余韵中收拢,既有汹涌波涛,也有宁静余晖。

也许是诗人的身世赋予他对人生更多的思考,这样的沉淀恰恰成就了他诗人的气质。人生之路沧桑,心中自存诗意,因而,生活中常见之物,信手拈来,都是一首妙不可言的诗作,处处折射出哲思的灵光。如《钟楼》一诗"如果有一天／它戛然定格／那生锈的齿轮／就会咬着一页／渐渐发霉的历史",短短几句,把时间的抽象与事物的形象巧妙地结合,引发读者无穷联想。再如《窨井》:"连着城市的／血管,神经,肠道……人们不曾好好呵护／反诬它是'马路陷阱'"。表现出诗人对生活别具一格的思考。"物象的精准与意象的独特是诗歌的两扇翅膀",这句话在诗人笔下得到很好的体现,这里没有人云亦云的聒噪,只有一盏清茶,在萦绕于心的禅乐中久久回甘。

诗歌的境界就是人生的境界。诗人悉数光阴,对人世的洞悉和豁达尽收笔下,显于诗行。一路风一路雨,却从容行走,来去自如。如《北阁》一诗,道出人世间无边的欲念与迷惘,然而诗人却带我们走向禅的境界。若悟不了得失浮沉,怎会心如莲花?佛在心中,莫向外求,从悠然的纸上我们看到一颗月光般清澈的心。《远行》一诗,诗人的牵挂之情溢于言表,却又安然自在,在芭蕉尚绿的老屋,等着远行人回来煮茶听雨。这就是历练人世之后的沉稳与从容。一首《说走就走》，更是看淡生死，豁达开阔："把心交给旅途 / 别问下个歇脚点 / 客栈还是坟场"。风雨沧桑路，诗人早已练就一颗包容万象之心，归还本真，乃至达到天人合一的境界。

张老师说他的诗歌宣言就是"但存天生丽质，何俱素颜朝天"，他的诗歌没有过多的雕饰，但淡雅隽永，耐人寻味。这大概就是与生俱来的诗人特质。任风起云涌，他的心中始终有诗意栖息。在来回往复的歌咏中，有语言之美、哲思之美、生命之美。这足以抵挡一切尘垢，在风雪途中持一颗清心，到达澄澈辽阔的彼岸。

（原载于 2020 年 6 月 7 日《潮州日报》）

但愿诗国多好诗

邓仁权

　　如果我没有记错的话，大约有一年时间未读到张楚藩先生的诗作了。近日，拜读了他发在《潮州日报·百花台》副刊上的《芡实村恋歌》一组新诗，让我喜而难禁！

　　说实话，我不是专业的诗歌作者，而是一位很专业的读者。在赏析他人的诗作时读得很慢，这是我一贯以来形成的阅读习惯，唯恐遗漏了诗人苦心营造的诗中美好的意境。方才读了《芡实村恋歌》后，爱不释手，再读不厌，令我心情振奋，长久地沉浸在浓浓的乡情乡愁中！

　　此组诗作何以有如此耐读的效果？愚以为有三个独到之处不能不说。

　　一是作者选取诗材有独到的见解。多年来，张楚藩先生在繁忙的编辑工作之余，既读诗又写诗。他的诗虽然数量不多，但诗的品位不低。他不赶时髦，不逐潮流，而是认认真真写诗，认认真真做人，认认真真编诗。经他编发的诗，不说篇篇好诗，至少是深受读者喜闻乐见的诗，经得起时代检验的诗。由他编发的诗文，常在网上转载转发，就是最好的证明。他写诗常以乡情乡愁题材入诗（如《五里亭》《阳江情话》等）。他深知"乡愁"是文学作品中久写不衰、久读不厌的主题，只要诗的主题立意好，就能抓住读者的阅读情趣。以他的新作《芡实村恋歌》为例，就是一组久违了的好诗！好在哪里？好在它充满人间烟火味，具有浓浓的乡情，又有缕缕不绝的乡愁！我以为，诗题中的"恋歌"一词，就很值得玩味，很吸引人的眼球，揣测这个"芡实村"，一定有什么神秘迷人之处，赶紧读吧！读后方知"芡实村"里，不仅有许多引人注目的依恋之情、眷恋之歌，而且有许多传神的故事，这就是好诗的魅力所在！

二是作者表述事物有独到的真情。记得去年有段时间，张老师告诉我："最近因我兼顾协助某村村史族谱的审读，尚且要做好副刊编辑的本职工作，一直很忙……"由此猜测，这组诗作可能是他浏览该村村史，并到当地采风后，从当地丰富的人文史料中，发现了可资入诗的素材，经悉心筛选后，从中选取了该村极具典型意义的具象——"沟仔墩""大宗祠""染布巷""待鹊楼""荷花塘""女学堂""周仓庙"。他将这七个词组，构成七首短诗，用诗性的语言，分别记述并抒发了作者的切身体会与心灵感悟。

让我们一起来欣赏诗人笔下那些惑人至深的人文景观："沟仔墩／曲江村的神圣地标／千年的老榕树／长须冉冉"。(《沟仔墩》)"神圣地标"这句诗语，一开始就点明了沟仔墩，是曲江村极具人文特色的地标；而老榕树的"长须冉冉"，则活灵活现地隐喻曲江村古老外在的形象，这样的比拟写得多么贴切啊！你看："大小祠堂挂着《辈序诗》／彰显忠孝仁义、报效家国的祖训""休说你天不怕地不怕／你敢不敢在堂前赌个咒发个誓／休说你不信报应／你知不知／冥冥之中，列祖列宗／时时睁着一双／明察秋毫的眼睛？"(《大宗祠》)这两段文字句句是力透纸背的箴言警语，让人读了心灵为之震撼。请看："连接西门的染布巷／有过早期的民族工业——富记印染厂／一枚印鉴／诉说着百年前的故事／种芡实，卖芡实／是曲江村人土生土长的／商品意识／

走南闯北的曲江村人／更憧憬着民富国强、实业兴邦"。(《染布巷》) 把曲江村源远流长的历史,向读者娓娓道来,让人感到亲切可信。再看:"爱美的阿妹／到城里学美术设计／家境贫寒的阿哥／在地里当牛郎种芡实／上城的阿妹／出落得婀娜俏丽／下地的阿哥／磨炼得壮实刚毅""两颗狂跳的心／紧紧贴在一起／说到就到的雷阵雨／为一对情侣／放下了浪漫的珠帘"。(《待鹊楼》) 这两段动人心魄的描述,令人为之击掌叫绝! 更神奇的秘境还在后头:"酷热难耐的夏夜／为芡实劳累了一天的少女少妇／喜欢到荷花塘享受'天浴'""星光下,月色中／健美的胴体／纷披的秀发／如沐浴仙女,如嬉戏林妖／没有人敢近前偷窥／生怕亵渎了／乡村的唯美图画"。(《荷花塘》) 还有让人过目不忘的曲江村的人文精神,村里有座耕读传家的"大夫第",是传承几百年的女子私塾。"孟母三迁""岳母刺字",蕴含儒家的精神在当地发扬光大。私塾的先贤,教人读书明理,崇文重教之风,在曲江村深深扎根。"他们感恩培育他们的母校／他们可曾知道／他们的第一母校／是消逝在岁月深处的'女子学堂'"。(《女学堂》) 最令人感慨的是:"曲江村人膜拜周仓／赞叹他的忠肝义胆英雄气／英雄崇拜,陶冶英雄品格／曲江村头的烈士墓地,鲜花簇拥""翻开《曲江村志》／烈士证,军功章／一排排从军报国者的名字／铮铮有声的书页／激荡着浩然正气"。(《周仓庙》) 卑下边读边思,浮想联翩,真让人荡气回肠,热泪盈眶,深为诗中营造的浓郁的诗情所感动!

三是作者锤炼诗语有独到之处。我读张楚藩这组诗,发现作者娴熟地运用白描叙事、抒情写意的表现手法,准确地描绘了曲江村生动迷人的具象,构建了优美感人的诗的意境,字里行间表达了诗人对"芡实村"炽热而真挚的情怀，确实是一组不可多得的好诗，这是诗人注重锤炼诗语的独特风格。读者不难看出：全组二百余行诗中，几乎无一句浮言虚语，所有诗语都是经他认真锤炼，或反复推敲凝成的诗性语言。虽然未必句句达到杜甫所说的"语不惊人死不休"的程度，但每首能写出一两句或三五句令人过目难忘的诗语，或能够让人惊叹、使人记得住的佳句警语就不错了，这样的诗就属于好诗。

古人云："天意君须会，人间要好诗。"（唐·白居易《读李杜诗集，因题卷后》）恕我引申一句"伫愿诗国多好诗"，作为本文的标题未尝不可。本文强调的是：诗的立意要高远，诗情要真挚，诗语要优美，这样的好诗才能经得起时代的检验。这一诗论观点，或许符合广大文朋诗友的心愿，我们期待着。

（原载于 2020 年 9 月 20 日《潮州日报》）

后　记

2015 年，拙著《五里亭》出版后，引起不少作家、评论家的关注。他们对诗集给予了较高的评价，并且希望我能继续写诗。这是一种压力，更是一种动力。所以，从 2016 年开始，我在做好所担负的报纸副刊编务工作的同时，整理、创作了一批散文，同时也并没有放弃诗歌的写作。2018 年散文集《心祭》出版后，就又着手创作这本《曲江行吟》。

书名之所以定为《曲江行吟》，是因为这本诗集中的那首长篇叙事诗《芡实村恋歌》是我对家乡的礼赞，我对它最为钟爱。

全书分四辑：

第一辑　行与吟，是采风之诗；

第二辑　诗与思，是哲理意味和反思意识较浓的抒情诗；

第三辑　我与你，是思亲念友之作；

第四辑　远与近，是借近言远的杂咏。

附　赞与弹，收录郭光豹、江锐歊、米丽宏、董改正、翁奕波、陈舜、梁冬霓、邓仁权师友对《五里亭》《心祭》和这个集子里的《芡实村恋歌》等诗文作品的评论，希望能对读者朋友解读这本《曲江行吟》有所帮助。

张楚藩

2021 年 9 月